異世
クラフトぐらし
~自由気ままな生産職の
ほのぼのスローライフ~
Author
あろえ
Illustration
いずもねる

ミヤビ
クラフトスキル持ちの
サポーター
リズ
魔法使いの冒険者

エレノア
冒険者ギルドの職員

「今からお礼を作る」

メル
Bランク冒険者

「……ありがと、色々と」

異世界クラフトぐらし

~自由気ままな生産職のほのぼのスローライフ~

Living while crafting
in a different world.

Author あろえ
Illustration いずもねる

Living while crafting
in a different world.

CONTENTS

プロローグ

七色に光り輝く粒子が雪のように降り注ぎ、幻想的な光景が見られる塔の中で、俺は一通のメールを開いていた。

「幸せオーラ全開すぎるだろ……」

ゲーム内のメールボックスに届いた、結婚報告の連絡。惚気《のろけ》話に興味はないけど、幸せを分けてもらえるような気がして、最後まで目を通すことにしている。

必ず手紙の最後には、あなたにも幸せが訪れますように、そう締めくくられているから。

「結婚報告の連絡なんて、現実世界だけで十分だけどな」

ここは『夢を現実に』をコンセプトに作られた、国産ＶＲＭＭＯ『ユメセカイ』。

魔法や武器で戦闘する魔物討伐が爽快で、日本にＶＲ機器を普及させたゲームの一つになる。

一年前の大型アップデートでクラフトシステムが実装され、今もまだ人気が衰えることを知らない。

石や木や鉱物を採取し、魔物から素材をゲット。簡単に家具をワンタッチ作製したり、素材をブロック化して気軽に建築が楽しめたりと、初心者にも優しいクラフト要素が魅力的。そこに、魔力で細かい装飾や加工までできるため、今や世界中のクラフターが夢中になっている。

そして、俺もその一人。『ミヤビ』というキャラ名で『ユメセカイ』に登録し、子供の頃から思い描いていた、理想の建築物を作り上げた。

発光石と呼ばれる特殊な鉱石を用いたブロックに、様々な付与魔術を施して、幻想的なオーラを漂わせた俺の作品『月詠《つくよみ》の塔』。

まるで精霊が住んでいるかのように淡く発光し、雪のように降る光の粒子は、美しい星空とマッチするため、夜は最高の光景が眺められる……はずだった。

「結婚してくれないか」

「……はいっ！」

今や『愛のキューピッ塔』と呼ばれる不名誉な別名と共に、恋人たちの巣窟《ダンジョン》化しているが。

通常、各自に振り分けられるサーバー内でクラフト作製するので、許可した人以外は立ち入ることができない。しかし、『ユメセカイ』で初めてとなる建築イベントは、まさかのユーザー投票。エントリーするため、誰でも入場できる設定に変更したところ……リア充のプロポーズ会場化するという、不運が始まった。

俺の丹精込めて仕上げた月詠の塔を見て、誰かが「精霊の祝福を受けている」と言い始めたんだ。あっという間に噂が広がり、プロポーズする者が現れると、作った本人が知らないところでどんどん誇張されていった。

『幸せな家庭を築く縁結びの精霊が住む、愛のキューピッ塔』と。

もちろん最初は「爆ぜろ、リア充ども！」と、憤慨した。家族や友達がいない独りぼっちの俺としては、ログインするたびに苦痛を浴びなければならない。

塔の中から見える風景が、イチャイチャする恋人《モンスター》だらけだからな。

でも、毎日何十通も結婚報告のメールが届けば、感覚もマヒしてくる。


お前が作ってくれたおかげで結婚できたぜ。

素敵な精霊の祝福を受けて、幸せになります。

ブラザーも俺の嫁と同じくらい良い女に出会えることを願う。


プロポーズを成功させた知らないカップルたちが、俺に感謝のメールを送ってくるんだ。

まだゲーム内だけの話ならいいけど、リアルでも結婚するほどのガチ勢が多く、新居の写真まで送付してくる者まで現れる始末。

中には幸せすぎて腹が立つような文章もあったけど、徐々に俺の心にも変化が訪れていた。

自分の手で誰かを幸せにしているというのは、クラフターとして誇らしくあるべきではないか、と。

愛のキューピッ塔と呼ばれていることだけは、許せないが。

そして、今日はこんなメールまで届いた。


『特別なワールドへのご招待』

メールを読んでいくと、多くの人々を幸せに結び付けてくれてありがとう、といった激励の言葉が書かれている。クラフトした作品よりも、愛のキューピッドとして褒められたのは複雑な心境だけど、評価されて嬉しい気持ちが大きい。

「イベントの結果発表かな。来週だった気がするけど……、受賞者には予め連絡しているのかもしれない」

エントリーした建築イベントは、十位までが入選になる。景品は非公開と書かれていたが、まさか特殊サーバーの案内だったとは。

確かに、愛の巣窟《ダンジョン》化している現状を見れば、非公開にして入場禁止にすると、大炎上が起こるはず。だから、別のサーバーをプレゼントしますので、このサーバーを公開したままにしてくださいってことなんだろう。

わざわざ『特別なワールド』と書かれているし、ＶＩＰ用のサーバーでも用意してくれたのかな。良い雰囲気のカップルたちを邪魔できないから、ちょうどいいかもしれない。

『特別なワールドへご案内いたします。一部のデータを引き継ぎますが、よろしいですか？』

迷うことなく『はい』のコマンドにタッチすると、ゆっくり視界が暗くなり始める。徐々に意識が遠のくような不思議な感覚は、『ユメセカイ』で初めての経験だった。

普通のログアウトで起こる現象とは違う。様子がおかしい……と思っても、逆らうことができない。

抵抗できないまま進んでいくと、次第にエンドロールでも流れるように、白い文字が浮かび上がってきた。

『あなたにも幸せが訪れますように　愛の女神』と。

一章 × クラフターと魔法使い

肌寒い風が頬にあたると同時に、サーッと葉のこすれる音が聞こえて、俺は目を覚ました。

頭がボーッとするのは、寝起きの影響だろうか。後ろにある大きな岩にもたれかかって眠っていたみたいで、少し背中が痛む。

どうしてこんなことになっているんだ？

あぁー……そうか。特別なワールドとやらに移動したんだった。

ログインした状態でデータを引き継いだ影響か、意識が飛ぶほどの負荷がかかるとは。うまく思い出せないけど、差出人の名前も運営ではなかった気がするし、妙なサーバー移動だったのは間違いない。

正常にデータを引き継いでくれたのなら構わないが、他にも気になるところがある。ゲームの初期位置にしては、変な場所に飛ばされているんだ。

目の前に広がる光景は、太陽の光を遮断するほどの大きな木々が青々と生い茂り、風に吹かれて揺れている。都会には存在しない自然豊かな心が落ち着く場所で、ゲーム内でよく見られる森の光景だ。

いきなりこんな場所に飛ばされても、普通は困るだろう。素材採取をするクラフターにとっては馴染み深いけど、生産職の場合、街からスタートするのが基本だと思うんだが――。

「動くなッ！」

不意にドスの利いた男の声が後方から聞こえたため、息を殺した俺は大きな岩に身を隠したまま、恐る恐る背後を確認。すると、街道に二十人ほどの武装した人たちが対立していた。

片方のグループは、小さな馬車を護衛する男性四人に若い女の子が一人いて、険しい表情を浮かべている。怯えた馬をなだめる商人のような女性が護衛対象だろう。

そのグループの進路を阻むのは、十数人の盗賊らしき人たちで「へっへっへ」と悪そうに笑い、手にはナイフや剣をちらつかせていた。

明らかに悪役による襲撃だと、一目でわかるほどに。

「いくら冒険者とはいえ、これだけ数的に不利だと厳しいよなあ。悪いことは言わねえ、荷物を置いていけ。命は見逃してやる」

身を引き締める護衛たちが小さく首を動かし、数の多い盗賊たちを警戒する。荷物を譲る気配などなく、互いに武器を構えて様子を見ていた。

随分と緊迫した雰囲気を出しているが、通常の『ユメセカイ』ではあり得ない光景になる。

正式に公表されているが、『夢を現実に』をコンセプトに作られたゲームなので、荒れそうな対人コンテンツを徹底的に除去しているはずだ。ＮＰＣであろうと、それは例外ではない。

もしかしたら、メールの案内にあった『特別なワールド』というのは、今後のアップデートを先取りしたオープンワールドに招待する、という意味なのかもしれない。一般的にはまだ公表されていない世界で、テストプレイヤーに選ばれた、みたいな立ち位置なんだろう。

　現在の状況を考察しながら、一触即発の雰囲気を見守っていると、不意に、護衛の女の子と目が合った。

　黄色のスカートに白いローブを羽織り、金属製の杖を持つ魔法使い。茶色い髪をセミロングにして、ひまわりの花飾りを付けた姿は、まだあどけなさが残る女の子っぽくて可愛らしい。

　盗賊たちの目が俺に向かないようにするためか、女の子はすぐに目線を外す。が、右手を小さくグーパーグーパーと動かしているため、声を出して敵を引き付けろ、というサインを送ってきていると推測する。

　この感じだと、俺が出ていくとクエストが始まるんだろうな。チュートリアルにしてはわかりにくい見落としがちなサインだと思うが、リアリティはある。『ユメセカイ』の運営も、本腰を上げて対人要素を取り込んできたか。

　早速、チュートリアルを開始しようと、俺は木陰から飛び出し、大きな声を張り上げる。

「何をしているんだ！」

　目の前の護衛に気を取られていた盗賊たちが一斉に振り返った瞬間、魔法使いの女の子が動き出す。

　グッと握りしめた杖に茶色いオーラが輝き始めると、空中に野球ボールほどの石が十個ほど生成された。魔力を消費して使う土魔法の一種であり、ゲーム内で何度も目の当たりにしたことがある。

「ストーンバレット」
「しまっ……ぶへっ」
不意を突かれた盗賊たちの顔面に強打すると、それを開戦の合図と言わんばかりに、他の護衛たちも襲い掛かった。盗賊の武器を弾き、腹部に拳を叩き入れ、次々に戦闘不能へと追い込んでいく。

迫力があるなーと感心するが、チュートリアルなのに、声だけの出演になるとは。空間にアイテムを出し入れできる機能『インベントリ』でロープを取り出して、捕縛だけでも手伝った方がいいのかな。

……ん？　インベントリが開かないぞ？　そういえば、周辺の地図を表す『ミニマップ』も表示されていないし、メニューも出てこない。

何かがおかしいと思い、アタフタと体を動かしていると、絶対にあり得ない情報を手で感じ取り、俺は固まった。

装備している服に繊細な感触があり、胸に手を当てると、ゲーム内には存在しない鼓動が伝わってくる。新鮮な空気に肺が満たされ、森の香りが鼻を抜けるだけでなく、スーッと血の気が引く感覚は……本物だ。

いま思えば、この世界で目覚めたときから感じた肌寒い風も、岩にもたれ続けて感じる痛みも、ゲームで表現されるはずがない。いくら技術が発達したとはいえ、肉体には干渉できないから。

ここまでリアルなのは、逆に不自然だ。

まるで、ここが現実でもあるかのようで……と考え始めると、メールに書かれていた言葉を思い出す。

『特別なワールドへご案内いたします』

その本当の意味を、俺は理解したかもしれない。馬鹿げた話のようで疑う自分もいるが、体の動き一つ一つがリアルすぎる。

ここは仮想空間じゃなくて、現実世界……なのか？　サーバーではなくワールドと記載されていたのは、本当に別の世界であり、異世界を表していた可能性がある。

普通に考えたらあり得ない。でも、体の感覚が現実だと伝えてくる。

突然のことでポカーンッとしてしまい、盗賊をロープで拘束する護衛たちの姿を眺めていると、魔法使いの女の子が近づいてきた。

「良さそうな防具が見えたから、冒険者かと思ったんだけど……もしかして、違った？」

夢か現実か困惑する俺の姿が怯えているように映ったのか、心配そうな表情を浮かべた女の子は、恐る恐る顔を覗き込んできた。

この子はプレイヤーでもＮＰＣでもない、異世界で暮らす住人だろう。落ち着いて返答しないと、変な疑いをかけられるかもしれない。

「冒険者ではないけど、迷子ではあるかな。この辺りの土地勘はないし、初めて戦闘する光景を目の当たりにして、戸惑っているんだ」

「そっか。ごめんね、冒険者でもないのに巻き込んじゃって。ちょうど商人の護衛依頼中だから、お詫びに街まで送っていくっていうので手を打ってくれたら嬉しいんだけど。……ダメかな？」

「助かるよ。俺は、ミヤビ。ついでに色々話を聞かせてもらえると嬉しい」

「じゃあ、交渉成立ってことで。私はリズ。よろしくね」

差し出されたリズの手を取った瞬間、氷でも触ったのかと思うほど冷たくて、俺はここが現実だと確信した。

冷え切った手に集中してうつむいていると、またリズに顔を覗き込まれてしまう。

「手が冷たい人は心が温かいんだよー？」

優しく微笑むリズを前に、自然と強張っていた肩の力が抜け落ちていく。

「そんな気がするよ。よろしく、リズ」

＊＊＊

ロープで縛り上げた盗賊たちを監視しながら、俺とリズは護衛部隊の最後尾を歩き、街道を進んでいく。

声を張り上げて隙を作っただけなのに、みんなが快く仲間として迎え入れてくれたのは、本当にありがたい。

商品が壊れずに済んで喜ぶ商人と、無駄な怪我をせずに済んだと喜んでくれる冒険者たち、そして、路頭に迷わずに済んだと喜ぶ俺。

ここが現実世界で、盗賊の襲撃を妨害したと考えると……ちょっぴり怖くなる。結果的によかったからいいものの、呑気にチュートリアルと間違えていたなんて、シャレにならない出来事だったよ。

今後は無闇に首を突っ込まないと心に決め、街道に落ちている木の枝や小石を拾う。

最初は素材やアイテムを出し入れできる『インベントリ』がないと焦ったけど、『ユメセカイ』と違ってウィンドウが表示されないだけだった。手で触れて『収納』と心の中で唱えると、キラキラと光り輝いた後、スーッと虚空へと消えていく。

この見覚えのある現象は、インベントリで間違いない。ゲームの機能が反映されているんだ。

頭の片隅でインベントリの中身が確認できるし、この世界でもクラフトスキルが使えると判断していいだろう。メールの案内にあった通り、一部のデータを引き継ぎ、特別なワールドへ招待されたんだと思う。

魔法とスキルが現実で使える世界。いきなりそんな世界に連れてこられても普通は困ると思うが、叶いもしない夢が叶う場所でもある。

自分で好きなアイテムをクラフトしたり、それを使ってのんびり暮らしたり、冒険して素材採取に行ったりできるんだよ。

最終的に、自分で建築した家に住み、家族と一緒に過ごせたら――。

うぐっ、妄想しただけでニヤけてしまいそうだ。日本では独り身で寂しかったし、異世界では幸せになりたい。

さあ、夢のスローライフに向けて、小石を拾おうっと。

「ねえ、さっきから何してるの？」

ニヤけた口元を隠して、平然と小石を拾ってみたが、リズに不審者でも見るような眼差しを向けられていた。

「気にしないでくれ。使えそうなものを拾っていただけだ。普通に歩いているだけでは、もったいないと思って」

「あぁー……ミヤビは生産職なんだね。手ぶらで街道に出るのはおかしいと思ったよ。羨ましいなー、インベントリが使えて」

「ん？　リズは使えないのか？」

「インベントリは、生産職に適性のある人が生まれつき持ってるスキルでしょ。私たちみたいな戦闘職は使えないよ。今は武器しか持ってないけど、護衛依頼中だと邪魔になるから、馬車に荷物を置かせてもらってるんだー」

当たり前のようにリズは答えてくれるが、俺の知っているゲーム知識とは異なっていた。

初期機能として実装されてたインベントリは、誰もが使えていたはず。俺がデータを引き継いだと言っても、色々と仕様が違う世界なのかもしれない。

クラフターの採取スキルのレベルを上げると、インベントリの拡張スキルを覚えるし、そういうことも影響しているのかな。

「リズは魔法使いで……間違いないよな？」

「うん。今は魔物討伐とか護衛依頼を受けて、ソロ冒険者をしてるよ」

「まだ若いのに、一人で冒険者か。大変だな」

「ふーん、ミヤビは近所のおじさんみたいなことを言うんだね。私とあまり身長は変わらないし、まだ若く見えるのに、意外に年上なのかな？」

　リズの言葉を聞いて、俺はハッとした。

　ついついリアルの感覚で答えてしまったけど、今の俺は『ユメセカイ』で装備していた防具を着用している。確認はできないが、ゲームで使用していたアバターのまま、異世界に転移したんだろう。

　確か……幼顔の少年で、身長は百六十センチ。年齢は十五歳という設定だったな。実は日本でサラリーマンをしている社畜のアラサーです……とは、さすがに言えないよ。

「俺は十五歳だけど、リズも同い年くらいに見えるぞ」

「ふっふーん。私は十六歳だから、一つ年上だね。ほらっ、ソロ冒険者をこなすくらいには、大人の余裕があるでしょ？」

「………。そ、そうだな」

　大人の余裕がある人ほど、そういうことを言わないだろう。

　あどけなさが残るし、早く一人前の魔法使いに見られたいのかな。背伸びしたい年頃かもしれないけど、さすがにお子様――。

「……ストーンバレット」

「本当にリズは大人っぽいと思う。いくら魔法使いと言っても、女の子で盗賊に立ち向かう勇気はなかなか持てないぞ。冷静で落ち着いてるよな」

「ミヤビは褒め上手だね。女の子にモテると思うよ」

リズは子供の心を持ったまま大人になるタイプで間違いない。一般人を魔法で脅してくるとは、なんて恐ろしい子なんだ。実際にぶつけてくることはないと思うけど、護衛依頼中なんだし、魔力は温存してください。お願いしますよ。

リズと他愛のない話をしながら歩いていると、遠方にゴブリンのようなものが見えてきた。

商人が護衛依頼を受けるのは、物資を狙う盗賊だけでなく、命を脅かす魔物がいる世界だからだろう。リズも目視して気にするものの、護衛を優先して、討伐へ向かう様子はない。

それよりも、盗賊たちがコソコソと話し始めると、リズは魔法で威嚇《いかく》していた。

優先すべきは盗賊への対処らしい。ロープで縛られたままだと、さすがに逃げられないと思うけど……往生際が悪いよな。

護衛部隊の最後尾からリズが鋭い眼差しを送りながら、二時間ほど一緒に歩き進めると、無事に街へ到着した。大きな防壁に囲まれていて、街中の様子は見えないけど、ガヤガヤと賑わう声が漏れ出ている。

街に入るために門へ近づいていくと、その前で警戒していた兵士が慌ただしく動き始めた。そして、門の内側から次々と兵士が現れ、こっちに向かってくる。

おそらく、連れてきた盗賊に気づいたんだろう。武器を構えた兵士が取り囲むと、一人のリーダーらしき人物が前に出てきた。

「俺はアンジェルムの街で兵士長を務めている者だ。盗賊の捕縛、ご苦労だった。この部隊のリーダーを教えてもらいたい」

「はい、私です」

「えっ⁉」

思わず、俺は声を漏らしてしまった。大人の男性冒険者たちを差し置いて、まだ若いリズが部隊のリーダーだとは思わなかったんだ。

「驚かないでよ。冒険者ランクの高い人がリーダーをやるのは、暗黙のルールなんだもん。仕方ないでしょ」

「ごめん、単純に予想外だった。普通にすごいと思う」

「……許す」

素直に褒められて恥ずかしそうなリズは、ローブの内側に隠していたポーチから冒険者カードを取り出し、それを兵士長さんに手渡した。

「Cランク冒険者のリズがリーダーの部隊、人数は六名で間違いないか？」

「いえ、冒険者は五名です。彼は一般人なので」

　確かに俺は、冒険者のような装備をした一般人だな。兵士長さんが間違えるのも、無理はない。

「了解した。では、五名の冒険者で処理する。後日、冒険者ギルドを経由して報酬を受け取ってほしい。旅の疲れが残っているところ悪いが、先に盗賊たちを引き渡してくれ」

「わかりました。よろしくお願いします」

　話が終わると、兵士長さんは冒険者カードをリズに返し、盗賊たちと向き合った。犯罪者に厳しく命令し、一人ずつ確実に門の中へと連行していく。

　その光景を見て、思っていた以上に男性冒険者たちは神経を使っていたのか、大きなため息を吐いてグッと体を伸ばした。ホッと安堵して気が抜けたのは商人さんも同じみたいで、仲良く集まって話し始める。

　ソロ冒険者のリズとはぐれ者の俺は、その輪の中に入れそうにないが。

「リズ、今のは本当に大人っぽくて、良い対応だったと思う。最初は驚いたけど、部隊リーダーに相応しい対応だったよ」

「そ、そう？　大したことはないと思うんだけど」

　照れたリズは、自分の髪の毛をクルクルと触り始める。顔を赤く染めているのは、恥ずかしいけど嬉しいような気持ちでいっぱいなんだろう。

　二時間ほど前に見た子供っぽいリズは、もういない。気に入らないことがあると、ストーンバレットで脅してくるような子供とは別人だよ。とても良い意味で大人の対応だった。

　そんな大人のリズに、俺は一つアドバイスをもらいたい。

「当たり前のことを聞くと思うんだが、街に入るには身分証って必要だよな」

「うん。身分証を紛失、および、所持していない場合は、銅貨五枚で三日間の仮発行。その間に正規の身分証を取得しないと、犯罪者と同じ扱いになるけど……。まさか、インベントリのスキルを持ってて、なくしたの？」

「違う。そもそも身分証を持ってないうえに、金もないという奇跡の二段構えなんだ」

自慢気に言わないでよ、と言いたそうなリズは、顔が引きつっていた。

せっかく街へ案内してもらったのに、街に入れなくて申し訳ない。こうなったら、盗賊の討伐を手伝った心優しい青年ということで、手を打ってもらえないか交渉してみようかな。

チュートリアルをクリアしようとして、大声を出したという実績だけはあるから。

いや、それはさすがに無理があるか。どうしよう、魔物のいる世界で、野宿をして過ごす自信がない。

「もう。こういうことはあんまりやりたくないんだけどなー……」

ボソッと呟いたリズは、同行していた冒険者と商人のもとへ行き、コソコソと話し始めた。

しばらくすると、馬車に載せていた五十センチほどの荷物袋を持ってきて、俺の腕をつかみ、街に背を向けるように引っ張られる。

「盗賊との戦いに巻き込んじゃったし、交換条件を飲んでくれるなら、お金を貸してあげてもいいよ」

曇った表情を浮かべるリズを見れば、罪悪感からの申し入れだとわかる。道中の会話で打ち解けたし、困っている人を放っておくのは気が引ける、そう考えているのかもしれない。

「条件は、冒険者登録をして、私の仕事を手伝うことね。冒険者ギルドでパーティを組むと、その人の居場所を教えてくれるから、万が一のときのことも考えて、パーティも組んでもらう予定だよ」

「気持ちは嬉しいんだが、期待に応えられそうにないよ。俺、戦闘できないんだ」

「生産職に戦闘させる気なんてないよ。一人で荷物を持ち運びながら戦闘するのは、大変なの。冒険者の仕事に同行して、サポートしてもらうだけかな」

　馬車から持ってきた荷物をチョンチョンッと見せてくるリズを見て、言いたいことを理解した。

　インベントリのスキルが使えない以上、冒険者活動に荷物は邪魔になる。物を入れすぎると重たくて体力が奪われるけど、必要な物資は持ち運ばないと、食事もできないかもしれない。雑用と言えば聞こえは悪いが、大事な役割だと思う。

　それに、リズが気を使って交換条件を考えてくれているのは、明らかだ。断る方が礼儀に欠ける気がするし、その分しっかりと働いて、恩を返すとするか。

「甘えさせてもらうよ。大声を出しただけだし、ここまでしてもらうのは、気が引けるけど」

「私が気になるの。あのときに魔法が回避されてたら、盗賊がそっちに向かう可能性もあったし、他に増援がいたかもしれない。戦闘できないミヤビが人質に取られてたら、難しい戦いになったはずだから」

　反省するようにしゅーんと落ち込む表情を見せるのは、部隊リーダーを担っていた責任感からだろう。

　リズはまだ十六歳と若いのに、根が真面目なんだな。

「こうして助けてもらえるなら、感謝の思いしか持っていないよ。責めるつもりはないんだし、気を落とさないでくれ。リズみたいな優しい子がいてくれて、本当に助かったと思っている」

「べ、別に慰めてほしいわけじゃないの！　もう……この話はこれでおしまいね。通行料で銅貨五枚。生活費は金貨二枚あれば足りるはずだよ。これで冒険に必要なものも用意して」

　持っていた袋から金を取り出したリズは、照れ隠しするようにパッと渡してきた。

　見たこともない硬貨で金の価値はわからないけど、ありがたく受け取っておこう。

「ありがとう、リズ。大切に使うよ」

「貸しただけだよ。ちゃんと返してよね！」

　恥ずかしそうに下唇を噛んだリズに、グイッと腕を引っ張られて街の方に振り向くと、ちょうど兵士長さんが歩いてきた。

「あとは君たちだけだ。部隊リーダーの身分証は確認済みだが、隣の坊主も確認させてくれ」

　気が付けば、商人と護衛をしていた男性冒険者たちの姿はなかった。金を貸してもらう前にリズが話していたし、先に街へ入るように言っておいたんだろう。

「身分証を持っていないので、銅貨でお願いします」

「うむ、確かに受け取った。三日間の仮通行許可書を手渡そう。門の通行時に期限を確認するから、悪用しないことをオススメする。長期滞在する場合は、身分発行書を申請してくれ」

「わかりました。ありがとうございます」

兵士長さんのポケットから取り出された小さなカードを受け取った俺は、なくさないように金貨と仮通行許可書をインベントリに入れて、リズと一緒に街の中へ歩いていった。

＊＊＊

門を通り抜けて、街の中を見渡しながら歩いていると、現実では見慣れない光景が目に飛び込んできた。

地面は石畳で整備されていて、民家や宿屋は土をベースに作られている。木材を使用して建てられた建築物や石造りのものはなく、近代的なものは存在しない。日本と比べると古い印象を抱く建造物ばかりで、どこか懐かしい印象を受ける光景だった。

防壁も大きかったし、街中は大勢の人で賑わっているから、ここは発展した街に分類されるだろう。

クラフトスキルが存在するなら、もう少し良い家が見つかってもいいと思うけど、庶民の暮らしはこんな感じなのかな。兵士が街を守っているし、立派な建築物や豪邸は貴族街にあるのかもしれない。

うおっ！　鍛冶屋がある！　ゲーム内で武器を作ったことはあるけど、本物の鍛冶師が作る武器を見られる日が来るとは。

同じ生産職の人間として、これほど嬉しいことはないよ。時間に余裕ができたら、じっくりと見に行こう。

異世界の建築物にワクワクしながら歩いていると、先にリズが宿屋に案内してくれた。寝床を確保することが、冒険者の基本らしい。

宿の値段は、一泊あたり銀貨五枚。金貨一枚を渡したら、お釣りが銀貨五枚で返ってきたから、金貨一枚で一万円程度の価値だろう。銀貨は一枚あたり千円だと考えると、銅貨は百円くらいかな。

それを考慮すると、リズに二万五百円も借りているのか。冒険者業をしているとはいえ、十六歳の女の子には痛手だよな。

一回り年下の女の子に金を借りていることを実感し、胸が痛み始めるなか、当初の目的通り、リズと一緒に冒険者ギルドへ向かった。

道中、露店をチラチラ見ながら、金銭価値を再確認していると、あることに気づく。

看板に書かれた文字が不思議と理解できているんだ。ゲーム機能のインベントリが使えるくらいだし、データを引き継いだ影響だろうか。

異世界の雰囲気に圧倒されつつ、リズの隣を歩き続けていると、大通りに面している大きな建物に到着した。

ここだけは石造りになっていて、他の建築物とは力の入り具合が異なっている。

レトロな雰囲気があるこの建物には、剣のマークが描かれた看板が設置されていて、そこには

『冒険者ギルド』と書かれていた。

「もしかして、冒険者ギルドを見るのは初めて？　どこの街でも同じような造りになってると思うんだけど」

　リズに呆れたような表情をされてしまうが、こればかりは仕方がない。日本の大都会を知っている身としては、世界遺産に登録されている観光地に来たような気分なんだ。ゲームと違ってＢＧＭはないし、住人たちのリアルな話し声が聞こえてくる。初めてＶＲＭＭＯの世界を体感したときより、没入感がすごい。

　今はここが現実だから当たり前だけどさ。大勢の人や街並みを見ると、改めてファンタジーな世界に来たんだなーって実感するよ。

　そんなことを言っても伝わらないし、変に思われたくないから誤魔化すけど。

「街に来る機会がないほどの田舎に暮らしていたんだ。冒険者ギルドを見て、ちょっと感動しているよ」

「ふーん、相当な田舎なんだね。ずっとソワソワしながら街を歩いているし、普通はそこまでキョロキョロしないよ」

　この世界の住人であるリズにとっては当たり前のことでも、俺には新鮮な光景が映り続けている。特に、冒険者ギルドから出てくる人たちを見れば、感動すら覚えてしまうほどに。

　大勢の冒険者が武装しているだけでなく、エルフや獣人といった亜人までいるんだ。『ユメセカイ』の中では、人間と魔物しか存在しなかっただけに、驚きを隠せない。

「街に入れてよかったよ、リズ。金を貸してくれて、本当にありがとう」

「う、うん。なんか妙に大袈裟な気もするけど。ギルドは混みやすいから、はぐれないように気を付けてね」

　ちょっぴり子供扱いされながら、リズに案内してもらい、冒険者ギルドの中に入っていく。すると、冒険者以外にも依頼を出す一般人もいるため、予想以上に混雑していた。

　至る場所に机や椅子が設置され、奥には木材で作られた受付カウンターがある。大きな袋を二人がかりで持ち運ぶ冒険者がいたり、掲示板に張り出された依頼書を眺める人がいたりして、賑やかな会話が聞こえるため、リズから目を離すと……本当にはぐれそうで怖い。

　ギルドの雰囲気に圧倒されながらも、リズに置いていかれないように歩き進めると、受付カウンターにたどり着く。

　そこには、美しい女性が座っていた。

　腰まで伸びた銀髪に、艶のある唇。冒険者ギルドの黒い制服に赤色のカーディガンを合わせ、落ち着いた大人の雰囲気が漂う。耳に髪をかける仕草が、一段と色っぽい。

　リズと彼女は親交が深いのか、受付カウンターに近づくと、屈託のない笑みがこぼれている。

「ただいま、エレノアさん。護衛依頼の報告に来ました。途中で盗賊を捕縛したので、門兵さんから連絡があると思います。後で処理をお願いします」

「おかえりなさい、リズちゃん。護衛依頼と盗賊の捕縛、お疲れ様です。肌寒くなってきましたし、これからは自然とも戦うことになりそうですね。ところで、隣の方はお知り合いですか？」

　話を振られた俺は、ゴホンッと咳払いをして喉の調子を整える。

「ミヤビと申します。リズさんに勧められて冒険者登録に来ました。よろしくお願いします」

「ご丁寧にありがとうございます。私は冒険者ギルドの職員、エレノアと申します。よろしくお願いしますね」

　互いに会釈で挨拶を済ませると、隣からリズの冷たい視線が飛んでくる。

「なんか、私のときと対応が違わない？　鼻の下が伸びてる気がするんですけど」

　初対面の女性を前にして、鋭い突っ込みはやめてくれ。冒険者登録するのなら、エレノアさんは取引先の社員みたいなもんだ。しっかりと挨拶をして、第一印象を良く見せるのは、社会人として当然のこと。

　綺麗な女性によく見られたいなどという、やましい気持ちは一切ないぞ。

「リズと出会ったときは、盗賊のうめき声が聞こえて、落ち着いた雰囲気じゃなかっただろう。これくらいの挨拶は基本だよ」

　納得していない様子のリズがブツブツ文句を言いながら、エレノアさんに冒険者カードを手渡した。

「冒険者カードをお預かりしますね。依頼状況の確認をしますので、お待ちください。その間と言ってはなんですが、ミヤビさんはこちらの申請書をご記入ください」

　差し出された紙を受け取ると、そこには『冒険者登録申請書』と書かれていた。細かい文字でギルド規約と案内が書かれているため、一通り目を通していく。

冒険者ランクは、上から順番にＳ・Ａ・Ｂ・Ｃ・Ｄ・Ｅ・Ｆとなり、依頼やギルドの貢献度で評価される。身分証として冒険者カードが使え、銀行のようにお金を預かるサービスもあるみたいだ。

　護衛依頼や魔物討伐依頼へ向かうのに、大金を持ち運びながらでは厳しいもんな。さっきみたいに盗賊が寄ってくるケースもあるだろうし。

　他には、可能な限り礼節をわきまえることや、共同で依頼を受ける場合は協調性を大切にするなど、初歩的な内容や一般常識が記載されている。こんなことが書かれている以上、冒険者は少し民度が低いのかもしれない。

「ふーん。ちゃんと読むんだね」

　真剣にギルド規約を読んでいると、依頼報告を終えたリズにキョトンとした顔で見られていた。

「契約書はちゃんと読まないと、後で何が起こるかわからないからな。それに、目の前に職員がいて、読まないという選択肢は選べないだろう」

「九割の人が読まないよ。私は読んだけど」

　そんな馬鹿な話はありませんよね、とエレノアさんに同意を求めようとしたら、苦笑いを浮かべられた。

「しっかり目を通していただけているようで、冒険者ギルドとしてはありがたい限りです。リズちゃんのお知り合いとあって、真面目な方ですね」

　どうやら読まないのが一般的らしい。冒険者ギルドも大変だな。契約書を確認するのは、社会人の常識だというのに。

　ちゃんとギルド規約に目を通した後、俺は名前から順番に記入していく。

「待って」

　名前を書いた瞬間、リズに止められた。

　文字の読みは大丈夫でも、書くのは誤魔化しが利かないのかもしれない。さすがに異世界から来たとは言えないし、なんて言い訳をすればいいんだろうか。

「職業欄は、サポーターって書いた方がいいよ」

　……日本語がアウトなわけではなさそうだ。やっぱり、何か特殊な力が働いているらしい。

「サポーター？」

「うん。長期依頼や護衛依頼になると、武器や防具の手入れが難しくなるでしょ？　だから、補助をメインに行動できる人を臨時で誘うことがあるの。そう言った人がサポーターだよ」

　なるほど、冒険者のパフォーマンスを下げないようにするための補助職、という立ち位置か。リズが誘ってくれたのも荷物運びだったし、そう言ったポジションが確立されている世界なんだろう。

「パーティに入った場合、裏方に回る冒険者ってことか」

「まあ、そんな感じかな。戦闘に参加しないわけじゃないけど、野営の見張りは免除されるし、危険は少ないの。護衛依頼で周りに気を配ってピリピリするなか、川の水を汲んだり、調理したりするのって、依頼が長引くほど誰かにやってほしくなるから」

つまり、依頼を無事に終わらせる確率を高めるための保険要員で、メインは雑用係になるのか。睡眠不足で疲労が蓄積すると、怒りの沸点も低くなりやすいだろうし、トラブル防止の役割もあるのかもしれない。

「わかった。じゃあ、サポーターで登録するよ」

「うん。エレノアさんにパーティ申請の書類を渡しておいたから、後はそのまま進めてもらって。私は護衛依頼で疲れちゃったし、先に宿へ戻って休むよ」

「あぁー……そうだったな。悪い、疲れてるところを付き合ってもらって」

「気にしてないよ。その分、しっかり働いてよね。サポーターさん」

本当にリズは疲れていたんだろう。エレノアさんに別れを告げた後、欠伸をしながら歩いていった。

記載事項に間違いがないか確認した後、申請書をエレノアさんに提出すると、手際よく手続きが進み、すぐに冒険者カードが発行される。

「仮通行許可書をお持ちではないですか？」

「あります」

門兵さんにもらった仮通行許可書をインベントリから取り出すと、エレノアさんがポカーンとしていた。

疑問を抱いた俺が首を傾げると、エレノアさんがハッとして、仮通行許可書と冒険者カードを交換してくれる。

名前と職業が書かれ、Ｆの文字が刻まれているカードだ。なくさないように、早速インベントリに入れておく。

「ミヤビさんは本当に生産職の方なんですね」

感心するようにエレノアさんが頷いているが、インベントリのスキルを発動したことでそう思ったんだろう。さっきポカーンとしていたのも、そのことが原因かな。

「もしかして、生産職が冒険者登録するのって、珍しいですか？」

「商業ギルドや生産ギルドに登録される方が多いですからね。荷物運びになろうと挑戦される方もいますが、若い方でも体力が持たないので、敬遠されてしまいます」

生産ギルドの存在を初めて知った俺としては、ものすごく納得しますよ。血の気の多い生産職なんて、普通はいないと思いますし、対極の存在とも言えるでしょうね。

「他の地域で採取ばかりしていましたので、荷物運びなら自信があります。色々素材が卸せるように頑張りますね」

リズとの約束ありますし、俺はやりますけど。

「よろしくお願いします。最近は生産ギルドに無理を言って、護衛依頼に臨時で同行していただくケースもありますので、うまくいくように応援していますね。魔物の肉や貴重部位をインベントリでお持ちいただけると、買取額も上がりやすいですよ」

インベントリの中は時間が経過せず、道中で傷つく心配もない。鮮度の良い状態で持ち運ばれると、冒険者ギルドもありがたいんだろう。

何かをクラフトしようとしても、最初は素材採取が重要になるし、依頼のついでに行えば、一石二鳥だ。利権が絡みやすそうな生産ギルドで過ごすより、冒険者ギルドで過ごした方がいいかもしれないな。

「わかりました。ちなみに、街の外で比較的安全なエリアって、どの辺りになりますか？　近場で少し素材を採取しておきたいんですけど」

「東エリアでしたら、街道に近い場所は安全です。見晴らしもいいですし、周囲の確認を怠らなければ、魔物に襲われることはないでしょう。街の生産職の方も素材採取に向かわれますよ」

ちょうどリズたちと一緒に来た方向が東になる。安全なエリアだからこそ、盗賊も住み着いていたに違いない。

ひとまず、最低限の物資を揃える程度に採取へ向かうか。

「助かります。日が暮れる前に少し行ってみますね」

「はい、お気を付けください」

エレノアさんに見送られ、俺は冒険者ギルドを後にした。

＊＊＊

門兵さんに冒険者カードを見せた俺は、素材採取へ向かうために街を離れる。

エレノアさんが教えてくれたように、この辺りは見晴らしがいい。逆に言えば、素材採取できるものが少なく、良いものが見つかりにくいとも言える。

安全と引き換えとはいえ、本当に最低限の採取になりそうだな。この街道はさっき通ったばかりで、まともな素材を取ろうと思えば、街道から離れなければならない。

道中でゴブリンを見かけたし、先に身を守る武器と採取道具を用意したいところだが……。

ひとまず、護衛依頼の同行中に採取した素材を確認する。

・木の枝×40
・小石×50

「ギリギリ集まっていたみたいだな。これなら何とかなるだろう」

幸いなことに、俺はゲームの世界からやってきた。異世界は初めてでも、クラフターとして過ごした経験がある。素材が乏しい序盤で効率よく作製するのは、容易なことだ。

「最初に必要なものは、作業台だな」

まずは、採取道具や家具などを作るために必要なアイテム、作業台を作製する。

クラフトするうえでは欠かせないベースアイテムが作業台であり、ゲーム内のチュートリアルで作るほど、重要なものになる。クラフターにとって、なくてはならないアイテムだと断言しよう。

「まさか初歩的なアイテムを作るだけで緊張する羽目になるとは。ちゃんとクラフトシステムが動いてくれたら、失敗することはないんだが」

いったん深呼吸をして心を落ち着かせた後、手元に魔力を集めて、異世界で初めてのクラフトを試みる。といっても、ＤＩＹのような作業は必要ない。完成した作業台をイメージするだけで、クラフトシステムが自動で構築してくれる。

自分で魔力を使って加工する方法【ハンドクラフト】もあるけど、作業台は思いを込めて手作業するようなアイテムではない。野外は危険だし、手早く終わらせるべきだ。

十秒ほど経過して、手元の魔力と『木の枝×30』が消費されると、インベントリ内に作業台が構築される。目の前に取り出してみると、キッチンテーブルほどの作業台が現れた。

この作業台の前に立つことで、『ユメセカイ』ではウィンドウにレシピが表示されていたけど、この世界では脳内に直接情報が入ってくる。

わざわざ作りたい物のレシピを検索しなくても、思い浮かべるだけで必要な素材がわかるため、ゲームより便利かもしれない。

慣れ親しんだクラフトスキルと違う点はあるけど、クラフトしても戸惑うことはなかった。今までと同じような感覚で使っても、問題はないと思う。

作業台が完成したため、次は『小石×30、木の枝×10』を消費して、定番の『石の斧』を作製していく。

石で刃を作ると言っても、斧は木を切るだけでなく、武器としても活用できる。序盤に作っておきたい優れたアイテムの一つだ。

採取可能になる木材は、家具や小物の素材など幅広い用途がある。冒険者の依頼で野営することがあれば、焚き火の薪としても使用できるし、さらに消費量が増えるだろう。インベントリに入れておいて損はない。

作業台の前で魔力を込めると、すぐに立派な石の斧が完成する。

何の変哲もない石の斧であり、意外によく切れるため、地味に攻撃力が高いのが特徴かな。

「よし。これで森の入り口まで行けば、木材を採取できる。落ちた木の枝と違って、数本切るだけでも一気に素材が集まるぞ」

右手に石の斧を装備した俺は、街道から離れて歩いていく。

ここが現実である以上、周囲の警戒だけは気を付けておこう。盗賊の残党が潜んでいたり、複数の魔物に出くわしたりする可能性がある。

ゲームの世界と違って、現在位置や魔物の居場所がマップで把握できないし、採取を楽しむ暇はなさそうだな。

最初のうちは道に迷わないように注意しよう。

そんなことを考えている間に、大きな木々が立ち並ぶ森に到着する。森の入り口に自生するのは、ドングリが実る『樫の木』だ。肌寒い気候のせいか、ちょうどドングリが実っていた。

周囲を確認した後、樫の木に近づき、作ったばかりの石の斧で伐採を始める。

コンッ　コンッ　コンッ

伐採といっても、クラフトの上級スキル【採取効率強化】が働くため、斧で軽く三回叩くだけ。それだけで木を伐採することができる。力を必要としないし、大幅に採取時間が短縮されるので、効率よく色々な素材を集められるだろう。

そして、もう一つ便利なスキルが発動している。クラフトの中級スキル【自動採取】だ。

わざわざ木が倒れるまで待つ必要はなく、採取判定の素材を自動でインベントリに収納してくれる。あまりにも快適に素材採取ができるため、一度でも経験してしまうと、他のクラフトゲームには戻れない。誰もがそう称賛するほどのスキルだった。

しかし、切り落とした木だけが【自動採取】の対象になるので、足元には切り株が残ってしまう。これはスコップで採取できるんだが……、残念ながら今は持っていない。

さすがに石の斧で代用できないし、また通りかかったときに採取しようかな。

伐採に集中すると、周囲の警戒が疎かになってしまうため、森の入り口の木を十本切ったところで採取を終わりにした。後は帰り道で石を拾いながら帰れば、他の採掘道具も作れるようになるだろう。

街に向かって歩き始めると、遠目に三体のゴブリンを発見する。まだ気づかれていないので、音を立てないように急いで離れることにした。

運動音痴で戦闘が苦手な俺では、魔物の素材を手に入れるのは難しそうだな。『ユメセカイ』では、弱い魔物の攻撃を避けられずに食らった経験があるし、ゴブリンでも強敵になると思う。

数的に不利なら、なおさらのこと。

　早めに切り上げて正解だったよ。あのまま夢中になって木を伐採していたら、石の斧で叩く音が響いて、大変な目に遭っていた可能性がある。

　異世界のクラフター生活は、思っている以上に厳しいのかもしれない。

　気を引き締め直した俺は、可能な限り音を立てないように身を潜めて、周囲を警戒しながら、街へ戻っていくのだった。

＊＊＊

　ゴブリンに気づかれることなく、無事に街へ戻ってくると、俺は……迷子になっていた。

　アンジェルムの街は似たような家ばかりだし、最初はリズと話しながら歩いていたため、宿の場所を覚えていない。しかも、大勢の冒険者が街に滞在する影響か、似たような宿が多くてややこしいんだ。

　ゲーム内だとマップ機能があるし、油断していた影響もあるだろう。なんとなくこっちな気がすると思って歩いていても、同じような場所をグルグル回るだけで、宿にたどり着けそうな気配がない。

「初めての街に浮かれて、宿の名前も覚えてないんだよなー」

　随分と日が落ちてきたし、どうやって宿まで行こうかな……と悩んでいると、一人の女の子と目が合った。

ネイビーカラーの髪を肩まで伸ばし、頭にひょこっと猫耳を生やした、俺よりも背の低い猫の獣人。大きなモフモフの尻尾がホットパンツから飛び出し、ショートソードをぶら下げ、軽装備を装着している。

冒険者だと思うけど、垂れ目が可愛くて、強そうには見えない。

時間が遅くなってきて、他に聞きやすそうな人が見当たらないため、俺はゆっくりと近づいていく。

「ちょっと宿までの道を教えてもらいたいんだけど、いいかな？」

「……あっち」

「いや、まだ場所を言っていない。それ、君の宿じゃない？」

ハッ、そうだった、みたいな顔をされても困る。ボーッとしていたみたいだし、この子は天然なのかな。もしかしたら、迷子でウロウロしていた俺の姿が気になり、なんとなく目で追っていただけなのかもしれない。

どうしよう。道を聞く人を間違えた気がする。でも、獣人ならニオイで見つけてくれるかもしれないし……。

「冒険者なんだけどさ、部屋を取った宿がわからなくなっちゃって、困っているんだ」

不審者でないことをアピールするため、冒険者カードを取り出す。すると、女の子も服のポケットから、冒険者カードを取り出した。

「一緒」

「本当だ、Bランク冒険者……って、高ランク冒険者じゃないですかー！」

リズよりも幼く見えるのに、この子の方がランクが高いとは思わなかった。思わず、勝手に敬語になってしまうのも、仕方のないことだろう。

「……Fランク、ミヤビ。迷子の冒険者」

「お、おう。言葉にされると傷つくものがあるぞ」

「ごめん。私、メル。もっとヒントちょうだい」

「謝らなくてもいいよ。その代わり、相談に乗ってくれると嬉しいかな」

「ヒント、ヒント」

Bランク冒険者とはいえ、見た目通りの子供みたいだ。楽しそうな表情を浮かべているし、ゲームで遊ぶような感覚なのかもしれない。

「東門から近かった記憶はあるんだけど、知り合いの冒険者の子と話しながら向かったから、詳しく覚えていないんだ」

「むっ。知り合いは、女の子？」

「俺と同い年くらいの女の子かな。一緒に一人部屋をとって、すぐに冒険者ギルドへ移動したんだ」

「正解は、あっち。案内する」

「えっ？」

　俺の袖をつかんだメルは、迷うことなく歩き進める。遅れないようについていくけど、本当にわかったのか疑問に思ってしまうんだが……。

　徐々に猫獣人の可愛さの方が気になってくる。

　少し後ろを歩いている影響で、俺の足にメルの尻尾がペチペチと当たるんだ。痛くはないし、めちゃくちゃ可愛い。アニマルセラピーで心が癒されていく気がする。

　ずっと一緒に歩いていられるなーっと思っていると、メルが立ち止まって、振り返った。

「ここ」

　パッと顔を上げると、確かに予約していた宿に到着している。尻尾に夢中で道を覚えていないため、店の名前『風鈴亭』を忘れないようにしよう。

「すごいな、どうしてわかったんだ？」

「女の子が安全に泊まれる宿、東門付近はここしかない。お酒も禁止だから、低ランクでも安全に泊まれる。なかなかいい宿」

　リズに案内されるまま宿を取ったけど、思っている以上に気遣ってくれていたんだな。同じパーティで活動する予定だったこともあると思うけど、安全面まで考慮してくれていたとは。

　盗賊との戦いに一般人を巻き込んだこと、まだ引きずっているのかな。危険な目に遭わなかったんだし、気にしなくてもいいのに。

「そうか、ありがとう。助かったよ、メル」

「……頑張って、Ｆランク」

「俺の名前、ミヤビね」

「頑張って、ミヤビ」

全然忘れていなかったよ、みたいな堂々とした顔をされても、説得力はない。正解の宿にたどり着いた喜びで、俺の名前が抜け落ちてしまったんだろう。

ほとんどノーヒントで案内してくれたし、本当にありがたいけど。

あっ、そうだ。

「ちょっとだけ待っててもらってもいいか？」

「……待つ」

案内の礼にお駄賃でもあげたいところだが、今の俺にそんな金はない。その代わり、木材を採取してきたため、小物くらいならクラフトできる。

初めて獣人の女の子と話したことだし、記念に小さな置物をプレゼントしよう。

まず、インベントリの機能【素材分解】を使用して、採取した木材を手のひらサイズの木ブロックに変換する。

この【素材分解】機能は、インベントリ内で素材を処理できる拡張機能で、採取スキルのレベルが上がると解放される。冒険者として過ごすなら、魔物の解体にも使えて利便性が向上するだろう。

魔物の血で手が汚れてニオイが取れない、なーんていうことも、俺には無縁の話になるかな。討伐した後にすぐ処理できるし、優秀なサポーターになれるはずだ。

インベントリ内で分解した小さな木ブロックを取り出したら、【ハンドクラフト】で魔力を使い、猫の形に変えていく。

この作業は慣れとセンスがものをいうが、俺はこういう細かい作業を繰り返してばかり。目に見えない部分まで装飾を作り込むのが好きで、クラフト仲間にドン引きされることもあった。

その影響もあって、簡単な小物を作る程度なら、三分もかからない。

小さな木ブロックが猫の形に整ってくると、メルが食いつくように顔を近づけてくる。

色々な角度から見ようと素早く動くのは、さすが猫獣人だな。……めっちゃ気が散るけど。

全体の形が完成したところで、次は表情を入れていく。

すべての工程で手を抜くつもりはないが、表情は一番大事な部分だ。爪で丁寧に一本ずつ線を入れるように、慎重に加工する。

メルと同じ垂れ目にして、鼻、口……と順番に描いていき、最後にヒゲをシャッシャッシャッ。

仕上げに無属性の魔力を表面に薄く付与すれば、ニスを塗ったような効果が生まれ、完成になる。

まだメルは小さいし、躍動感のあるリアルなタイプではなく、可愛らしい猫の置物に仕上げてみた。

「はい、案内してくれたお礼」

「……もらう」

受け取ったメルは、大事そうに両手で持ち、ジーッと見ながら歩いて行った。尻尾がピーンッと上に立ち、リズミカルに揺れているから、喜んでくれたと思う。

クラフトしたアイテムを誰かに受け取ってもらう、こういう経験は初めてだな。『ユメセカイ』の中では、ただのデータにすぎなかった。それが今や現実の物になって、誰かに渡すことができるなんて。

自分が建築した家で現実に過ごす、そんな夢みたいなことが、本当にこの世界では実現できる。ゼロから素材を集めないといけないし、土地や税金の問題とか色々あるだろうけど……、楽しみだな。

この日、宿で夜ごはんを食べた後、部屋のベッドで横になったら、すぐに眠気が襲ってきた。今日は色々なことがあって、思っている以上に疲れたのかもしれない。

明日からリズの手伝いも始まるし、まずは異世界の生活に慣れよう。ついでに素材集めをしたり、クラフトできたりするといいんだけどなー……。

そんなことを考えている間に、俺は意識を手放すのだった。

二章 × 突進！グラウンドシープは止まらない！

眩《まぶ》しい日差しで目を覚ました俺は、あまりの寒さに布団の中に潜り込む。

昨日の日中は肌寒い程度だったのに、今朝はグッと気温が落ち込んだみたいで、冷え込みが厳しい。ボタン一つで暖房が付くような世界ではないため、宿の布団一枚だけでは、さすがに身に堪える。

「寒すぎるよ。温かい朝ごはんを出してもらった方が良さそうだ」

寒くて動きたくない気持ちを抑えつけ、勢いよく部屋を飛び出していくと、寒そうに震えながら階段を降りるリズを発見する。

後を追って一階の食堂に向かうと、みんな考えることは同じなのか、温かいスープでホッとする人たちが集まっていた。

カウンターに座るリズの隣に腰を下ろした俺は、はぁ～っと両手に息を吹きかけて、暖を取る。

「今朝は冷え込んでるよな。昨日の夜はこんなに寒くなかったのに」

「わかる。せっかく街に帰ってきたのに、ここまで寒いとは思わなかったもん」

そう言ったリズは、座っている椅子と太ももの間に手を挟み、暖を取っていた。小刻みに体を震わせ、少し背中を丸めながら、眉間《みけん》にシワを寄せている。

「でも、護衛依頼の朝と比べたら、温かい朝ごはんがすぐに食べられるし、冷え込んだ風が当たらないだけでもありがたいよ。私は冷え性だから、手足が寒くて眠れない日もあるもん」

「それを聞くと、護衛依頼に臨時でサポーターを雇う気持ちがわかるよ。余分に毛布を運ぶだけでも喜ばれそうだ」

「私なら毎日銀貨一枚出してでも、優先的に借りる権利が欲しいかな」

銀貨一枚は日本円で千円程度の価値だから、相当キツいんだろう。依頼に持ち運ぶ荷物が制限されるし、寒空の下で何日も護衛を続けて、自分の体調を管理しなければならないんだ。

護衛する人が道中で風邪を引くわけにはいかないし、野営の見張りまで行い、睡眠不足になることを考えれば……、思っている以上に過酷な依頼だよな。

「普通の感覚だと、ぼったくりで怒られそうだよ」

「寒い時期の護衛依頼で、雨が降った日の朝を体験したら、もっとぼったくられてもいいと思っちゃうよ。地面が冷たくて体温を奪ってくる話と、固すぎて眠れない話もしてあげよっか」

「……十分に伝わったから、今日は護衛依頼を受けるのはやめよう。俺の心が持ちそうにない」

想像しただけで凍死しそうだと思っていると、宿の女将さんが朝ごはんを運んでくれた。

熱々の湯気が立ち上る野菜スープと、表面をカリカリにトーストされたパンになる。

スープの器を触るだけでも手がジンジンとして、生き返るような心境だよ。我慢できずに温かいスープを喉へ流し込むと、胃に染み渡るように熱が広がっていく。

「はぁ〜」

「はぁ〜」

思わず、同じタイミングでスープを飲んだリズと、安堵のため息が重なるのだった。

朝ごはんを済ませた後、この日の宿もお願いした俺たちは、冒険者ギルドへ向かう。

隣を歩くリズは眠たそうで、空腹が満たされた影響か、ふわぁ～っと大きな欠伸をしていた。

「もしかして、昨日も寒くてあまり眠れなかったのか？」

「ううん、今日は寝すぎて眠たいの。昨日ミヤビと別れた後、宿で仮眠するつもりだったんだけど、気づけば朝になってたんだよね」

えへへっとリズは笑うが、それほど護衛依頼は体に負担がかかるんだろう。サポーターという職があるのも、冒険者にとって、本当に重要な存在だと認識されている影響なのかもしれない。

朝晩が冷える話を聞いただけでもゾッとしたし、魔物と自然が相手だと、一人で行動できそうにない。気軽に遠出ができないなら、異世界の素材採取は厳しい戦いになりそうだ。

まずは、リズに借りた金を返すことが先決だけど。

欠伸をするリズと一緒に歩き進め、冒険者ギルドにたどり着くと、大勢の冒険者たちで賑わっていた。

異世界の朝も大混雑だな。電車の通勤ラッシュほどではないにしても、武装した人ばかりで、とにかく圧が強い。

うわっ！　重装備で斧を背負う冒険者の近くは絶対に歩きたくないな。急に振り向かれて顔面に斧パンチを食らったら、シャレにならないぞ。

周囲を警戒して、リズとはぐれないように依頼掲示板へ向かうと、依頼の確認を行う。

　Cランク冒険者のリズが見ているのは、C・Dランクの依頼掲示板だ。俺が戦力不足であることを踏まえて、一人でもこなせる依頼を精査しているんだと思う。

　なお、E・Fランクの依頼掲示板は悲惨なことになっている。楽な依頼や報酬の高い依頼を奪い合ったであろう形跡が残っていて、依頼書がぐちゃぐちゃ。ドブ掃除の依頼書を引き剥がす冒険者は、絶望的な表情をして受付カウンターへと向かっていった。

　こんな寒い日に寝坊して、依頼争奪戦に参加できないと大変だな。同じFランクでも、パーティを組んでいるサポーターの俺は高みの見物をさせてもらうよ、ハッハッハ。

　……リズに捨てられないように頑張ろう。俺もあんな生活はしたくない。

「ちょっと時間がかかりそうだけど、これにしようかな」

　リズがCランクの依頼掲示板から依頼書を剥がすと、近くにいた年配の冒険者が「ウエッ！」と声を上げた。マジかよ……と言いたそうな顔をしているので、難易度が高い依頼であるのは間違いない。

　依頼書を見せてもらうと、街道に現れる三体のグラウンドシープという魔物の討伐依頼だった。報酬が金貨四十枚と書かれた部分が消され、四十五枚、日本円で四十五万円に修正されているため、誰も受ける人がいないみたいだ。

「魔物の名前が緩いわりには、報酬が高いな。本当に大丈夫か？」

「討伐した経験はあるし、孤立したところを強襲すれば、達成できる依頼だよ。依頼が終わるまでに数日はかかると思うけどね。途中で薬草類を採取したら、宿代くらいは稼げると思うんだー」

「わかった。薬草の採取と雑用は任せろ。俺が輝ける場所はそこしかない」

寒い時期にドブ掃除なんて、絶対にやりたくないよ。今後もパーティを組んでもらうために、冒険のサポートを頑張ろう。

依頼書を持って掲示板を離れると、今日もリズはエレノアさんの受付カウンターに並んだ。

空いている受付があっても、わざわざ順番待ちをするのは、何か理由があるんだろう。昨日は随分と仲良さそうに話していたし、今もにこやかな笑みを浮かべている。

「リズって……、エレノアさんに憧れてたり、する？」

「……うん」

恥ずかしそうに頷くなよ。全身からエレノアさんと話したいオーラを放っているのは、リズと接客中のオッサン冒険者くらいだぞ。

「だって、いつ見ても綺麗だし、優しく接してくれるんだもん。どんな服を着ても大人っぽく着こなしそうで、髪も良い香りがするの。柄の悪い人にも堂々と対応してカッコいいし……どうせなら、綺麗な人に見送られたいじゃん」

「最後はただのオッサンの欲望だろう」

「違うよ。理想の姉に見送られる妹の設定なんだから、間違えないでよね」

リズが熱心なエレノアさんのファンであったことが発覚すると同時に、エレノアさんが接客していた冒険者の受付が終わる。すると、嬉々とした表情でリズはカウンターに近づいていった。

「おはようございます、エレノアさん。依頼の受付処理をお願いします」

「おはようございます、リズちゃん。今日からパーティ活動ですね。護衛依頼を終えたばかりですけど、大丈夫ですか？」

「久しぶりのパーティなので、無理のない範囲で行動する予定です。時間のかかる依頼になると思いますから、しばらくギルドには来れないかもしれません」

「依頼内容は……グラウンドシープの討伐、ですか。確かに時間がかかりそうですね。わかっていると思いますが、突進攻撃には、くれぐれも気を付けてくださいね。この依頼が値上がったのも、Cランクに成り立ての冒険者が挑み、失敗したことが原因ですので」

恐ろしいほど獰猛《どうもう》な羊だなーと思いつつ、二人の会話を邪魔しないように、スーッと冒険者カードを提出する。

　さりげなく受け取ってくれたエレノアさんが、俺の分の依頼処理も進めてくれた。

「依頼受付を終えましたので、冒険者カードをお返しします。ミヤビさんは初めての依頼ですから、無理のない範囲で頑張ってくださいね」

「……はいっ！」

冒険者カードを受け取った俺は、ちょっとリズの気持ちを理解してしまう。エレノアさんの優しい言葉と穏やかな笑顔で見送られると、やる気が出てくるんだ。単純だな、俺。

「人のこと言えないじゃん。ミヤビは完全にオッサンの心を持ってるよ」

　中身がアラサーのオッサンとしては、何も言い返す言葉がないと思いつつ、リズと一緒に冒険者ギルドを後にした。

＊＊＊

　初めて冒険者活動を行うため、街で食料や冒険の必需品を準備した後、依頼へ向けて出発した。冒険者の先輩であるリズに色々教わりながら、歩き進めていく。

　すでに他の冒険者が魔物を掃討した後なのか、街道を歩いていても魔物の姿は少ない。たまにゴブリンが出てくる程度で、リズが魔法で難なく撃退していた。

　昨日は戦闘させる気がないと言ってくれたし、気が合ったことも影響しているのか、リズは気兼ねなく接してくれる。異世界で初めに出会った人が、リズみたいに優しい子で本当によかったよ。

「ん？　どうかした？」

「いや、何でもない。強いんだなーって思っただけだよ」

「ゴブリンを相手に褒められてもなー。ちょっと複雑な気持ちになるよ」

　髪の毛を指でクルクルと触り始めるリズは、満更でもなさそうだ。

　ソロ活動が中心だと、褒められる機会が少ないのかもしれない。社会人を経験した身としては、大人になると褒められる機会が限られてくると知っているから、良いところは言葉にして伝えていこうと思う。

意外にそういう些細なことが、仕事のモチベーションに繋がるんだ。

「あっと……。えへへっ、躓《つまず》いちゃった」

褒められると調子を崩す人もいるし、ほどほどにしようかな。


そんなこんなで目的地を目指して、四時間が経過する頃、目的のグラウンドシープが出没するエリアに到着した。平原の近くに綺麗な川が流れていて、大きめの石も採取できる見晴らしの良い場所になる。

「この辺りで休憩しよっか。水を汲んでおきたいから、私の荷物袋を出してもらってもいい？」

「わかった」

インベントリに預かっていた荷物袋を渡すと、リズは革袋を取り出した。

護衛依頼は手荷物を馬車に乗せておけるが、討伐依頼はそうもいかない。自分で荷物を持ち運び、限られた水と食料でやり過ごして、魔物の素材や依頼品を持ち帰る必要がある。

普通の依頼を一つこなすだけでも、毎日何時間も歩き続けて、命を懸けて魔物と戦わなければならないんだ。

冒険者って、思っている以上に過酷な仕事だよな。

川の水を汲み始めたリズを見て、冒険の必需品を買いそろえた俺も、自分の革袋を取り出した。

それを川に入れて、ブクブクと水を汲んでいく。

朝が冷え込むこの時期は、川の流れが緩やかだったとしても、水が冷たい。でも、歩き続けた体は火照っているし、山から流れてくる新鮮な水は……うん、最高においしい。渇いた喉に染みわたって、生き返るような気持ちになるよ。

現代生活に慣れすぎた俺としては、こういった何気ないことに幸せを感じる。自然のありがたみが体に満ちていくみたいで、心が癒されるんだ。

ちなみに、魔法で作った水を飲むと腹を壊すらしい。山から流れてくる川の水か、井戸水が一番安全な飲み水だとリズが教えてくれた。

革袋に水を汲み終えると、すでに大きな岩の上に座るリズの隣に腰を下ろす。

「生産職なのに、ミヤビは体力があるんだね。なるべく早く着きたくて、ちょっと早めに歩いてたの。ついてこられるか心配してたんだー」

「疲れていないとは言わないけど、装備の影響が大きいかな。採取や建築作業を長時間するために、体力を向上させる効果を付与してあるんだ。まだまだ余裕があるし、歩くペースはリズに合わせるよ」

建築作業をメインとするクラフターは、装備に戦闘力を求めない。動きやすさと疲労が溜まらないことを最優先にするため、防御性能は二の次になる。

いま俺が装着しているものも、ウィンドウルフの亜種を素材にしたクラフター装備だ。風属性を付与することで、『疲労軽減』と『体力増強』の効果が生まれるため、四時間歩き続けても疲れは溜まらない。

「ふーん、そんなのあるんだ。魔法使いの装備は属性強化が基本だから、羨ましいなー。ハードな依頼だとバテることもあるし、パーティメンバー次第では休憩しないところもあるんだもん」

　パーティにサポーターがいなければ、荷物を持ったまま移動する羽目になるんだよな。激しい戦闘を繰り広げる近接職は平気だったとしても、遠距離攻撃を行う魔法使いは、筋力が付きにくい。

　自然と体格や体力に差が生まれて、足並みが揃わなくなるんだろう。

「安全に魔物を討伐するためにも、休憩はしておいた方がいいと思うけど、一人だけ休憩したいとは言いにくいよな。俺なら空気を読んで、我慢する気がするよ」

「私も我慢派かな。それでトラブルになる方が戦闘に支障が出るし、早く依頼を終わらせたい気持ちもわかるんだよね。街の門が閉まってて、門の前で野宿した経験があるから」

「それを言われたら、何も言い返せなくなるぞ」

　残業続きのサラリーマンが終電を逃した、みたいな話はやめてくれ。

　経験者は語るが、深夜に家まで歩いて帰っていると、途中で恐ろしいほどの虚無感に襲われるんだよ。俺は何のために生きているんだろう……ってな。

　社畜時代の心が蘇り、胸を締め付けられるような思いでいると、突然、リズの表情が険しくなった。

　視線の先を確認すると、遠くの方に白い動物が三体も見える。

　ホッキョクグマ並みの大きさで、白い毛をモワモワと生やし、鋭い角を持つ羊。

あれが依頼の標的であるグラウンドシープだろう。

「ちょっと隠れよっか。グラウンドシープが三体もいると、Ｂランクパーティでも厳しくなるの」

「思っていたよりも凶暴そうな羊だな。あれが突進してくるのは、さすがに怖いぞ」

「前衛泣かせの魔物って言われていてね、強力な突進攻撃は一撃で城門を壊すらしいよ。知能も高くて、仲間と挟み撃ちをするように突進してくるし、後方の魔法使いを優先的に狙ってくるの。だから、強力な遠距離攻撃で強襲して仕留めるのが定石かな」

どうりで冒険者ギルドの依頼掲示板で、「ウエッ！」と嫌がった冒険者がいたわけだ。群れを討伐しようとして、トラウマが植え付けられるほどの攻撃を食らったに違いない。

依頼を受けるときに、エレノアさんが念を押して注意を促していたくらいだし、冒険者に被害が出たばかりだとも言っていた。

絶対に油断してはならない獰猛な羊だと、誰もが認識しているはず。

「でも、すっごい突進をしてくるだけだよな？」

グラウンドシープの姿を見て、油断する気など微塵もない。しかし、冒険者がトラウマになるほどの恐ろしい魔物だったとしても、突進攻撃に当たらなければ、問題はないだろう。

「そうだけど、絶対に侮っちゃダメな魔物だよ。矢や剣が刺さっても、致命的な損傷を与えない限り、グラウンドシープは突進で襲い続けてくるの。獰猛な性格を考慮すれば、Ｂランクの依頼でもおかしくないもん」

つまり、車のようなタックルをかましてくる恐ろしい羊だと思えばいい。自慢のボディと角にスピードを上乗せした、止めることができない突進攻撃だ。

逆にいえば、急な出来事に対処できないほどのスピードで、致命傷を与えない限りは自分で止まれない、とも言い換えることができる。

「落とし穴を作ったら、三体いても安全に討伐できるんじゃないか？」

何を言ってるの？　って顔で見ないでくれよ。そういう視線を軽蔑の眼差しって言うんだぞ。

「魔物ってね、そんなに単純な生き物じゃないの。突進してきたグラウンドシープが、ズッコケるように落とし穴にハマるほどマヌケだったら、みんなで穴を掘ってるよ。落ちるくらいの大きな穴を掘る時間もないし、時間がかかれば気づかれるでしょ」

はぁ〜っと大きなため息を吐くリズは、明らかに呆れている。

早く隠れるよ、と言わんばかりに移動を始めるリズが背を見せたところで、俺はコッソリと作業台を取り出した。

若くしてCランク冒険者になったリズの判断は、一般的には正しいだろう。でも、それはサポーターを戦力に計算していないときの話になる。

リズの冒険をサポートすることが俺の仕事なら、できる範囲で戦闘のサポートもこなすべきだ。

まず、インベントリにある『樫の木』と『石』を使い、『石のスコップ』を作製。平原まで行ってザクッと土を掘ると、いとも簡単に五十センチほどの深い穴が掘れる。

土もクラフトで使える素材である以上は【採取効率強化】が働くため、たった一掻きで大きな穴が掘れるんだ。

　そのまま下にザクザクと掘っていけば、すぐに落とし穴が作れるし、掘った土は【自動採取】でインベントリの中に消えるので、気づかれにくい。両手にスコップを持てば、ホリホリスピードは二倍になる。

　よって、三分もあれば、すんんっごい落とし穴が作れる。それはもう、上から覗いてきたリズがアホっぽい顔で見下ろしてくるほどに。

「ちょっと意味がわからないんですけど。前世はモグラの方ですか？」

「前世の記憶がないからわからないが、とりあえず、三分だけ待ってくれ。落とし穴にはけっこう自信があるんだ」

　何を言ってるんだろう、と言いたげなリズの視線を浴び、落とし穴を掘っていく。ザクザクッ、ザクザクッと高速で掘りつつも、可能な限り音を鳴らさないようにして。

　グラウンドシープが回り込んでくることも考慮し、丸い逆ドーナツ型に落とし穴を作ると、俺たちはその中心部分に立った。

　全方向が落とし穴で守られているため、近距離戦を挑んでくる魔物が相手の場合、絶対防御となるのは間違いない。

　あとは、インベントリの【素材分解】機能を使い、薄い板を作製する。落とし穴に板で蓋をし、その上に土と草原の草をちりばめ、全体に魔力を馴染ませて加工すれば、完成だ。

板の上に足を乗せた瞬間に穴が開き、すごい勢いで落下する原始的な罠、落とし穴。敵の大きさにもよるが、今回は深さ十メートルもあれば無力化できると判断して、大きいものを作製しておいた。

これは『ユメセカイ』のクラフターが、比較的採用する戦術の一つになる。クラフターが採取した素材は魔力で加工して誤魔化せるので、簡単に作れる割には、バレにくい。

異世界でも再現ができて、達成感が半端ないよ。ずっと真顔のまま見つめてくるリズは、虚無感が半端なさそうだけど。

「ねえ、ミヤビ。私はどうしたらいいの？」

「グラウンドシープが獰猛なら、魔法で軽くちょっかいを出したら、こっちに向かって来ると思うんだ。威力の低い魔法でいいから、攻撃してもらってもいいか？」

「う、うん。やって……みるね」

現実を受け入れられていない様子のリズは、昨日の盗賊との戦いで見せたストーンバレットを使い、小さな石の塊を放つ。が、リズの心が反映されているかのように、ヘレヘレ～っと頼りない軌道を描いた後、グラウンドシープの近くにポトッと落ちた。

「メェ？　ンンッ、メエエエエエエエッ‼」

さすがに獰猛と言われるだけはあるだろう。俺たちの存在に気づいたグラウンドシープは、三体ともすごい勢いで走り出す。

ドドドドドッと土埃を立て、大地が揺れるような感覚に襲われた。リズの情報通りに途中で二体が迂回し、三方向からの突進攻撃を試みるように走ってくる。

「本当に大丈夫？　大丈夫だよね⁉　落とし穴、ちゃんとあるよね‼」

　動揺するリズは、俺の腕を力強くつかんできた。相当怖いみたいで、ブルブルと震えているのが伝わってくる。

　よく考えれば、現実世界で自分を囮《おとり》にして魔物を罠に嵌めるなんて、危険な行動だよな。冒険者にトラウマを植え付けるほどの魔物なら、なおさらのこと。

「大丈夫だぞ、いったん落ち着いてくれ。下手に動けば、リズが落とし穴にハマることになる」

「冷静になれるわけないじゃん！　グラウンドシープが突進してきてるんだよ？　早く逃げないとやられちゃうのに、落とし穴で逃げ道がないなんて……」

　パニック状態に陥ったリズは、周囲を見回してグラウンドシープの動向を確認する。

　しかし、グラウンドシープは止まらない！　失速する様子はなく、逆に加速して猛スピードで駆けてくるため、走る音がどんどんと近づいてくる！

「ぎゃあああ！　グラウンドシープの顔が怖くて足が震えるー！　神様、お願いします。どうか助けてください。本当にちょっかい出してごめんなさい。どうか許して――」

　ドドドドドッ　バキバキッ

「ンンッ、メエエエエエエエエッ‼」

「落ちたー‼　まったく気づく気配もなく、すごい勢いで落下したーーー‼」

　まっすぐ突進してきた一体のグラウンドシープが落とし穴に落ち、リズの絶叫がこだました。

　当然、残り二体のグラウンドシープは、不可解な消え方をした仲間に気づく。首を捻って確認するまではいいものの、突進攻撃は急に止まれない。

「どうしよう、ミヤビ。いま回り込んできてるグラウンドシープが、落とし穴を認識したよ！　落とし穴がバレたら、罠の意味が――」

　バキバキバキバキバキッ

「ンンッ、メエエエエエエエエッ‼」

「ンンッ、メエエエエエエエエッ‼」

「落ちたー‼　よそ見してる間に大地に食べられたーーー‼」

　意外に楽しんでいるのではないかと思うほど、リズが実況してくれる。でも、やっぱり本人は怖かったんだろう。草原に空いた落とし穴を見つめ、ヘレヘレ～っと足の力が抜け落ち、ペタンッと座ってしまった。

「嘘じゃん。私、こんなの知らない！」

　なぜか現実逃避するリズが、頭を抱え込んでいる。

「これは落とし穴と言ってな、予め掘った穴に敵を落とす罠で――」

「それくらいは知ってるから！」

冗談なんだし、そんなに怒らないでくれよ。ちょっと元気付けようとしただけなんだ。

「単純な構造とはいえ、落とし穴は強力な罠になる。深ければ深いほど、落下によるダメージも大きい。たぶん、グラウンドシープは戦闘不能に陥っていると思うぞ」

「ハッ！　そうだよ、ちゃんと確認しないと！　お願い、地面と落とし穴の境界線を教えて」

「よーく見たらわかるぞ。魔力で加工したところは、ちょっとだけ草の生え方が変わるんだ」

「あっ、本当だ。言われてみると意外にわかるー。あはははって、わかるか！　ちゃんと教えてよ！」

意外にリズは、ノリツッコミができるタイプなんだな。いや、今度は冗談じゃなくて、本当のことを言ったんだけどさ。

落とし穴と地面の境界線を教えると、座り込んでいたリズは、恐る恐る四つん這いになって進み始める。

本当にどこまでが地面なのか見分けがつかず、半信半疑なんだろう。時折、地面を叩いて落とし穴がないか確認していた。

俺が伝えた境界線までリズがやって来ると、木の板を確認して持ち上げる。そこからソーッと覗き込むと、表情が一変した。

腕で目をゴシゴシと擦るリズは、何度も瞬きさせている。

「ン、メェェ……。ンンン、メヘェェェ……」

勢いよく落とし穴にハマったグラウンドシープが、足を負傷して動けなくなっていたんだ。

お手上げなので討伐してください、と言わんばかりに腹を見せている。

「嘘……瀕死になってる。一体討伐するだけでも、細心の注意を払うべき魔物なのに」

いくら凶暴な魔物でも、高さ十メートルの位置から突然落下したら、さすがにうまく着地できないよな。体重が重いと負荷も大きいし、顔面から落ちたであろう一体のグラウンドシープは、角が折れて動いていない。

「ねえ、後で大事な話があるんだけど、聞いてもらってもいい？」

「出会って二日目なのに、そんな――」

「愛の告白じゃないよ！　どう考えてもこれはおかしいでしょ、もう！　トドメを刺すから、少し離れてて」

リズがピリピリしているので、俺は言うことを聞いて距離を取った。

深呼吸して呼吸を整えたリズは、杖を握りしめ、一本の氷の槍を作り出す。

どんどん硬質化するかのように、パキパキッと何度も音を立て、氷の槍から冷気が放出されている。威力を高めているように見えるが、俺はこんな魔法の使い方を知らない。

今後『ユメセカイ』でアップデートするもの……というより、異世界で独自の文化が発展した影響だろう。

「集中してるところ悪いんだが、大丈夫なのか？　随分としんどそうに見えるぞ」

「グラウンドシープはタフな魔物だし、確実に仕留めるには、【魔法チャージ】で威力を高めた方がいいの」

魔法チャージ、か。魔力を大きく消費して威力を高める、魔法使いのスキルみたいなものかな。その分、魔法コントロールが難しくて、術者への反動も強そうだが。

「アイスジャベリン」

勢いよく放たれたリズの魔法は、一直線に飛び、グラウンドシープを射止める。

刺さるなんてレベルではなく、地面まで貫通するほど、威力が高い。チャージする時間が必要になるとはいえ、魔法使いの強力なスキルの一つだと思う。

大きな息を吐いたリズは、もう一体のグラウンドシープも同じ魔法で討伐した。すでに角の折れたグラウンドシープは、弱い魔法で突いても動かなかったため、討伐済みと判断する。

「はぁ〜。なんで三分でこんなに大きな落とし穴ができてるんだろう。グラウンドシープにトドメを刺すだけでいいなんて、頭が追い付かないよ……」

魔法チャージで疲れ果てたであろうリズには、少し休憩していてもらおう。巨大な落とし穴を放置するわけにはいかないし、グラウンドシープも早く回収したい。

新鮮な魔物の素材は、冒険者ギルドが高額買取をしてくれるから。

安全に下へ降りるため、落とし穴を作るときに採取した土を使い、建築で使うブロックを作製する。

大きさ五十センチの立方体で、インベントリ内で簡単に変換できる、メジャーなクラフトアイテムの一つだ。

　ブロック同士を繋ぎ合わせると結合する機能があり、これを積み上げて建築するんだが……、それはまた今度かな。今日はブロックを繋ぎ合わせて階段を作り、落とし穴を降りられるようにしよう。

　すぐに落とし穴を埋める予定なので、ブロックをポンポンポンッとリズミカルに設置する。

　出来上がった階段で落とし穴の下に降りると、討伐したばかりのグラウンドシープをインベントリに回収した。

　あとは土をばらまいて元通りに復元する。インベントリから土を取り出すだけで、特に苦労することはない。

　何事もなく穴を塞いだら、仕上げに土の表面に魔力を流して、できる限り自然な形に戻しておく。

　意外に落とし穴を掘るのは楽しいんだよなーと満足していると、不審者を監視するような眼差しのリズと目が合った。

「さっき、グラウンドシープを三体ともインベントリに入れたよね？」

「討伐した魔物を持ち運ぶのが、サポーターの仕事だからな」

「そうだね。サポーターとしては満点だと思うよ。でも、巨大な落とし穴を掘った大量の土を入れて、グラウンドシープまで入っちゃうインベントリって、何？」

「……インベントリだろ。自分で言ってるじゃん、インベントリって」

「いや、確かにそうなんだけど。でも、インベントリの容量が……まあいっか。とりあえず、休憩してパンでも食べよう」

やってられないわ、と、どこか投げやりな雰囲気を漂わせるリズと一緒に、昼休憩を取るのだった。

＊＊＊

「外で温かいパンが食べられるって、幸せだよねー」

ほんわかした表情を浮かべたリズは、川の近くにあった大きな岩に腰を掛け、小さな口ではむはむとパンを食べている。

街で買った焼き立てのパンを、時間が経過しないインベントリに入れておいたんだ。

芳ばしい小麦の香りで食欲がそそられるだけでなく、ピクニックのように自然を感じられる外での食事は、より一層おいしく感じる。

「陽の光を遮るものもないし、暖かくて最高だよな」

ほとんど風も吹かない穏やかな日で、川に流れる水の音に癒されるなんて、贅沢な時間だよ。

「それで、インベントリにどれくらいのものが入るの？」

「リズはインベントリの話が好きだな。まだまだ余裕はあるし、さっきの落とし穴が百個くらいは作れるぞ」

「そっかー。意味がわからないから、いったん聞き流すね」

「聞き流すなよ。インベントリってそういうスキルだぞ。スキルレベルに比例して、容量が大きくなるものなんだ」

元々『ユメセカイ』の初期機能としてインベントリは実装されているが、クラフトシステムがアップデートされたときに仕様が変更されている。

大量の素材を採取する必要があるため、採取スキルを使い込むと【インベントリ拡張】スキルを覚えて、徐々に容量が増えるんだ。最終的に【インベントリ最大化】のスキルを覚えて、歩く巨大倉庫のような状態になる。

別名『クラフトガチ勢スキル』とも呼ばれている。

しかし、この世界の仕様がゲームと同じかわからないし、詳しいスキルの内容を話すのはできるだけ避けたい。

「スキルレベルって、なに？」

早速、墓穴を掘ったみたいだ。スキルという概念はあったとしても、スキルレベルを調べる方法はないらしい。まあ、ゲームではない現実世界なんだから、当然だよな。

「クラフトスキルを使い込めば、インベントリが拡張されるって意味だよ。クラフターは毎日採取していたら、自然とインベントリの容量が増えるんだ」

パンをじっくり噛みしめたリズは、納得がいかないのか、う〜ん、とうなり始める。

「私のクラフターのイメージなんだけど、鍛冶師や裁縫師に比べると、製作物の品質が落ちるし、幅広く活用できる分、器用貧乏だと思うの。家具の作製や修理、防壁の修繕ばかりで、給料が低くて儲からない。生産職のなかでも、恵まれてないと思うんだよね」

確かに、クラフトスキルは幅広い活用法があるけど、建築や家具を作製するのがメインだ。現実に仕事として生きていくなら、家具を中心に作って販売する必要があるし、鍛冶や裁縫の領域まで手が回る人は少ないだろう。

ましてや、そういった上位スキルがあるなら、出番はない。

「山にこもって生活ができるミヤビは違うのかもしれないけど、普通は護衛に冒険者を雇わないと、採取にも行けないでしょ？　すぐにインベントリがいっぱいになるし、素材を置く場所や倉庫を借りるお金もない。一般的には、街の近辺で拾える程度の行為を、採取って言うと思うの」

現実的な採取方法を聞かされて、俺は思った。過ごしてきた環境が違いすぎる、と。

通常『ユメセカイ』では、クラフトサーバーから採取場所まで、ＮＰＣにワープしてもらって移動する。魔物が出現するエリアは決められていて、素材採取に没頭しても危険はない。最初は色々な素材が手に入りやすい場所を拠点にするくらいだし、わざわざ街に帰る必要もなかった。

「じゃあ、街の防壁や冒険者ギルドみたいな大きい建物は、どうやって作っているんだ。大量に素材が必要になるだろう？」

「生産ギルドがまとめて素材を管理してるから、必要な分を購入する感じかな。クラフターの建築は早くて安いし、私は好きだけど、貴族の高額依頼は出番がないよ。高品質のアイテムを作る鍛冶師が担当するの」

つまり、安価な値段で働く依頼しか回ってこず、戦闘スキルを持たないクラフターが、気軽に素材採取へ出かけることはない。防壁や家具の修理ばかりしていて、クラフトの経験値が得られず、スキルレベルは自然に止まる。

　仮に素材を大量に買い取って建築しても、売れなければ赤字になって、リスクが大きい。ここが現実世界である以上、適当な場所に建てるわけにもいかないし、土地を購入する金もない。

　魔物がいるような世界では、八方塞がりで埋もれるしかないってわけか。気の毒だけど、どうにかしてやれる立場ではない。俺はいま、自分のことだけで精いっぱいだ。

「まあ、どんな仕事でも、金を稼ぐって大変だからな。リズが護衛依頼の寒さで嘆くのと同じだよ。温かい部屋で仕事できる分、クラフターもありがたい一面はあると思うぞ」

「確かにね。冒険者なんて、死亡率が一番高い仕事なのに、富と名声を得られる人は一握りだもん。現役で活動できる時間は限られてるし、私も頑張らないと」

　十六歳でCランク冒険者だったら、リズは頑張っている方だと思う。昨日の護衛依頼だって、年上の男性冒険者を差し置いて、部隊リーダーをやっていたんだし。

　また墓穴を掘ったら嫌だから、口には出さないけど。

「ところで、リズ。一つだけお願いがあるんだけど、聞いてもらってもいいかな」

「どうしたの？」

「グラウンドシープの羊毛をもらえると嬉しいんだ。借金している身で言うのもなんだけど、リズにも還元できるようにクラフトするからさ」

　ここが現実世界である以上、何体も討伐して無限に素材を採取できることはない。地域や気候で採取できるものが変わるだろうし、周囲の魔物や繁殖状況によっては、二度と手に入らなくなる可能性もある。

「好きに使っていいよ。毎日一体ずつ狩って、主要部位だけギルドに卸そうかなって思ってただけだから。羊毛まで持ち運ぶ予定は元々なくて、処分しようかなーって思ってたの」

　そういえば、エレノアさんが生産職のサポーターは珍しいと言っていたし、スキルレベルが低ければ、インベントリに入りきらないか。普通はグラウンドシープを討伐した場所で解体して、冒険者ギルドに素材の一部を持ち帰るんだもんな。

「グラウンドシープの角は薬の材料に使われるし、爪と骨は武器や防具に加工されるんだよね。食用の肉も大量に納品すれば……、過去最高の利益になるかも」

「ちなみに、まだまだインベントリには余裕があるぞ」

「巨大な落し穴を掘ってたぐらいだもんね。それなら、今年は早めに贅沢できそうだなー。明日から大浴場のある宿に変えてもいいかも」

「おっ、今朝は冷え込みが厳しかったし、風呂があるのは助かる。依頼が終わって宿に戻った後、体が温まるまでゆっくりと浸かりたいよ」

　昨日泊まった宿では、体を拭くための温かい湯を桶に一杯もらえるだけで、風呂がついていなかった。これ以上冷え込んでくると、さすがに厳しくなる。

　リズは冷え性だし、風呂への思いが人一倍強いんだろう。当たり前のように毎日風呂に入っていた俺も負けてはいないが。

「……ミヤビ、しばらくはパーティ解消できないよ。お金を返してもらっても、昨日の約束は生きてるから」

風呂つきの宿に変えるため、もっと魔物の素材を運んでほしいと言われた気がする。もう少しオブラートに包んで、一緒に依頼を頑張ろうね、みたいに言ってもらえると嬉しかったな。

「昨日知り合ったばかりのリズが助けてくれて、俺は本当に感謝している。まだ街や冒険者のことも詳しくわからないし、これからもよろしく頼むよ、リズ」

「……ごめんね。打算的なことを言っちゃって」

「そうやって素直に反省できるところ、俺はいいと思うぞ」

こうしてパンが食べられるのも、革袋で川の水を汲めるのも、リズが金を貸してくれたおかげだ。冒険者依頼を一回手伝ったくらいでは、さすがに天狗にならないよ。

せっかく新鮮な羊の肉が手に入ったんだし、ジンギスカンが食べたいなーと思うくらいには強欲だけど。

＊＊＊

昼ごはんのパンを食べた後、俺とリズは依頼報告をするため、街に向かって出発した。

帰り道の途中、木の枝を見つけては拾い、手頃な石を見つけてはインベントリに入れる。地面が盛り上がっていて、掘っても迷惑のかからない場所では、砂や土をホリホリしながら進んでいると、さすがにリズに呆れられてしまった。

やっぱり採取速度がおかしいよ。絶対に前世がモグラじゃん……と。

俺だって、依頼へ向かう道中はホリホリ欲求を我慢していたんだ。魔物が見つからなくて日が暮れたら大変だし、素材採取に行ったわけじゃない。

でも、帰り道くらいはドン引きせずに付き合ってくれよ。顔が引きつってるの、隠せてないぞ。

リズの足を止めない程度の採取に留めて歩いていくと、夕暮れどきには街に戻ってきた。

無事に依頼をこなし、少しでも素材採取ができた俺としては、初めての冒険に満足している。サポーターとして活躍できて、充実した一日だったよ。

依頼を報告するまでが仕事なので、冒険者ギルドにやって来ると、まだ依頼から戻ってくる人が増え始めたばかりで、混雑はしていなかった。

順番待ちをしなくてもいいのは楽だなーと思いながら、エレノアさんの受付カウンターに近づいて、リズと一緒に冒険者カードを提出する。

「エレノアさん、ただいま。予定より早く終わったので、討伐依頼の報告をお願いします」

「おかえりなさ……あれ？　確か今日は、グラウンドシープの討伐依頼を受けてましたよね。もう終わったんですか？」

「あぁー……、はい。ぐ、偶然にも三体とも別行動をしていて、孤立状態だったんです」

明らかにエレノアさんが驚いている影響か、リズの返答は歯切れが悪い。

さすがに、落とし穴に落として一気に討伐しました、と言うのは恥ずかしいんだろう。作った本人が言うのもなんだけど、驚いたエレノアさんの顔を見ると、気持ちがわからないでもない。

このタイミングで落とし穴って言うの、俺にも無理だ。自分が惨めに思えてくる。

「運も実力のうちと言いますし、無事で何よりです。討伐証明部位の角と、買い取り素材の提出をお願いします」

「それが、実はまだ解体していなくて……」

苦笑いを浮かべるリズの代わりに、俺は受付カウンターに手をかざす。

「あっ、出しますね。爪と角が三体分に、肉が二体分になります」

どーーーんっ！　と受付カウンターに載せると、視界が肉の山で埋め尽くされる。

エレノアさんの「へっ？」と言う情けない声と同時に、隣にいるリズが「あれ、解体してたっけ……」と呟き始めた。

解体作業なんてやりたくない俺は、インベントリの機能【素材分解】を使い、魔物を解体しておいたんだ。血で服や手が汚れないし、時間もかからず綺麗に処理できるなんて、最高に便利な機能だと思うよ。

ちなみに、一体分の肉は提出しない。インベントリは時間経過がないので、俺たちが食べる分に取っておく。

帰り道の途中に「大事な話があるんだよね」と、リズがインベントリに肉を保存することを勧めてきたんだ。食べたいと言わんばかりに目が真剣だったし、俺も食べてみたかったから、非常食という意味も込めてインベントリに残すことになった。

「………」

エレノアさんが無反応になってしまったので、肉の山からひょこっと顔を出してみる。すると、呆然とした表情で固まっていた。

綺麗な人は呆気に取られていても絵になる、とわかった瞬間である。

机がミシミシと音を立てているため、呑気なことを考えている場合ではないが。

「あの～、別の場所にお持ちした方がいいですか？」

「へっ？　あっ、いいえ、こちらで大丈夫です。他のギルド職員を呼んで、すぐに運んで査定いたします。少々お待ちください」

アタフタし始めたエレノアさんがバックヤードへ向かうと、すぐに屈強な男性がやって来た。

「何を言ってるんだよ。カウンターが潰れそうなほど肉が載るわけ……あるー‼　ちょ、ちょっと待て。他のやつらも呼んでくる！」

「言ったじゃないですか。グラウンドシープの肉なんですよ。早くしてください」

「いや、普通は考えられないだろう！　肉の山で向こう側が見えねえぞ！　いったい何十人で運んできたって言うんだよ！」

屈強な男性が大声を出すと、次々に同じような体格の男性たちが現れる。そのたびに全員が同じようなリアクションをするため、何度も驚く姿が再生された。

当然、ギルド職員が大騒ぎになれば、周りの冒険者や依頼人たちからも注目を浴びる。

隣のカウンターで依頼報告をしていたパーティと受付女性は、ポカーンと大きな口を開けたまま、微動だにしない。周囲を確認しても、同じように時間が止まっている人ばかりで、大きな声で騒いでいるのは、屈強な男性職員と小さな子供だけだ。

小さな子供に「すっげえ！」と言われると、めちゃくちゃ気持ちいいな。ちょっとしたヒーローみたいじゃん。

「なあ、リズ。グラウンドシープの肉って、人気あるのか？」

「そこからなの？　クセがない淡泊な味わいで、女性も好むヘルシーな肉だよ。討伐して三時間以内に持ち込まれたものは、ギルドで二日間冷凍することで、生でも食べられる。愛好家がいるくらいには、人気なんだよね」

「なるほど、リズもその一人なんだな」

「……うん。生では食べないけど」

リズは感情が顔に出やすいタイプなんだろう。おいしそうな肉を見て、頬が緩んでいるため、すぐにわかる。あと、普通はそこまで詳しく知らないはずだ。

そんなこんなで屈強なギルド職員たちに運んでもらい、査定が終了。依頼報酬金の金貨四十五枚に、角と爪と肉の買取に少し色を付けてもらって、金貨百五十五枚となり、合わせて金貨二百枚となった。日本円で二百万円という大金である。

十六歳の女の子に約二万円の借金をしていた身としては、安堵の気持ちでいっぱいだ。たった一日で罪悪感という楔から解き放たれ、肩の荷が下りた気がするよ。

エレノアさんに査定額を提示されると、リズは距離を詰めて、顔を寄せてきた。

「ミヤビ、私は三対七の割合でいいよ」

　金の話が周りに聞こえたくないのか、リズは小声だった。

　確かに、周りに言いふらすような内容ではない。

「俺もそれで納得だ。荷物を運んだくらいで、三割ももらえるならありがたい」

「なんでミヤビが三割なの？　どう考えても七割もらうべきでしょ」

「自慢じゃないけど、リズに借金している身だ。七割ももらったら、人として生きていけないぞ」

「何十倍で返してくれるつもり？　それに穴掘りしている姿は、モグラの魔物みたいだったよ。だから、遠慮しないで」

「それで受け取ったら、俺はモグラの魔物と認めたことにならないか？」

　ギルド内が騒然とするなか、俺とリズは小声で言い合いを続けた。が、エレノアさんの困惑する眼差しを感じ、ひとまず平等に半分ずつにして、ギルドを後にした。

「割合がおかしいよ。ミヤビの方が活躍してたじゃん」

「いやいや、俺は元々サポート要員だぞ。活躍する、しないは関係ないと思うんだ。戦闘をメインにするリズの方が怪我のリスクは高いんだし、多くもらうべきだろう。あと、借りていた金を返すよ。本当にありがとう」

「どう……いたしまして。すでに数十倍で返ってきてるから、すごい複雑な気分だけどね」

　この日、宿についても言い合いが治まらなかった俺たちは、長時間にわたって話し合いを重ねた。その結果、サポーターの俺に有利な気もするけど、今後はどんなときでも五分五分で分けると決まった。

なお、金銭感覚がおかしくなりそう……と、リズは呟いていたが、それは俺のせいじゃないと思う。たぶん。

三章 ✕ ドワーフの鍛冶師

一段と冷え込みが強くなり、ザーッと雨が降る翌朝。宿の布団では凌ぎきれない寒さで飛び起きた俺は、温かいスープを求めて食堂へ向かった。

やっぱりみんな同じことを考えているのか、まだ朝早いのに多くの人が食堂に集まっている。

温かいスープが入った器を両手で包み込み、じっくりと飲み進めて、体を温める人が多い。

カウンターに座っている女の子は「すいません、スープのおかわりいいですか?」と、銅貨一枚、百円を支払っておかわりを……って、リズだな。冷え性がきつくて、温かいスープを飲んでもまだ寒いんだろう。

一足早くカウンターに座っていたリズの隣に行き、俺は腰を下ろした。

リズが会釈で挨拶をしてくれるけど、はぁ〜っと息を吹きかけている手は、白い。誰よりも体をキュッと縮めていて、ガタガタと震えている。

「大丈夫か?　寒さで耳が赤くなっているぞ」

気にしないで、と言わんばかりに頷くだけで、リズは声を発しなかった。

寝起きの影響もあるだろうけど、寒すぎて話したくないんだと思う。周りの宿泊客も温かいスープに夢中で、会話している人は少ないから。

今までどうやって寒さを乗り越えてきたのか疑問を抱いていると、宿の女将さんが俺の朝ごはんとリズのスープのおかわりを持ってきてくれた。

風呂場付きの宿に変えるのは、リズにとって死活問題になりそうだな。日本で暖房器具を使う快適な生活に慣れた俺も、この寒さは耐えられそうにない。

「昨日は稼げたとはいえ、今日は依頼を受けられなさそうだ。宿だけ変えて、冒険者活動は休もうか」

誰よりもありがたそうに温かいスープを飲むリズが頷いたので、食事の邪魔をするのは悪いと思い、俺も一緒に朝ごはんを食べる。

はぁ〜……と、氷が溶けるように落ち着いていくリズは時間をかけてゆっくりと飲み干すのだった。

朝ごはんで体を温めた俺たちは、冒険者の必需品であるレインコートを着て、身支度を整える。

昨日、リズのアドバイスで買っておいたんだが、こんなにも早く使うとは思わなかった。

天気予報がない世界だし、準備をしておいて損はないと学ばせてもらったよ。

寒さに身を震わせて、雨雲よりもどんよりした表情を見せるリズと一緒に宿を出発すると、二十分ほどで綺麗な宿に到着した。

宿の名前は『風雷亭』。店の名前を覚えずに迷子になった経験のある俺は、忘れないように心に刻む。

レインコートを脱いで宿に入ると、中はほんのりと暖かい。広々とした広間に暖炉がある影響だろうか、雨に打たれた後だと、火を見るだけでも自然と心が落ち着く。

　昔懐かしい雰囲気も合わさって、それだけで良い宿だと思ってしまう。

「一人部屋を二つ、ひとまず一週間お願いしたいんですけど」

　早く風呂に入りたいリズは、感傷に浸る俺を置いていくが。

「お一人様、一泊で金貨二枚。一週間で金貨十四枚になりますが、よろしいですか？」

　前回の宿と比べると四倍の値段で、一泊あたり二万円になる。大金が入ったばかりとはいえ、泊まり続けるには抵抗が大きい。

「全然大丈夫です」

　アッサリと払うリズと一緒に、俺も払いますけどね。

　長期滞在するなら、普通は躊躇《ちゅうちょ》する値段になるだろう。数日間の旅行で贅沢するならわかるけど、毎日二万円の出費と考えれば、俺だけでも別の宿にしようかと頭によぎったくらいだ。

　でも、『男』と書かれた暖簾《のれん》をかきわけて、ポッカポカの湯気を出した男性が現れたら、我慢なんてできるはずがない。あの先には、絶対に大浴場がある。

　自然の驚異に対して、人は無力であることを痛感するよ。

　部屋が空いていてよかったと、ホッと安心するリズを見れば、冒険者の必要経費とも言える。

　先輩冒険者の言うことは聞いておいて損はないと学んだばかりだし、これは贅沢ではない。自分にそう言い聞かせようと思う。

　じゃあ、すぐに大浴場で体を温めよう……と言いたいところだが、後回しだ。極楽気分になってしまっては、今日一日だらける自信がある。

「リズ、俺は街に買い物へ行ってくるよ」

「……うん、元気だね。私は宿にいるから」

険しい表情を浮かべるリズは、早くも大浴場のことしか考えていないだろう。

今日はずっと大浴場に入り、のんびり過ごすに違いない。護衛依頼の疲れを引きずっているかもしれないし、ゆっくりと体を休めてほしい。

もう一度レインコートを着た俺は、宿を背にして、雨の街を駆け抜けていく。

わざわざ雨の日に買い物をしなくても……という思いもあるが、ここはゲームの世界ではなく、現実になる。昨日、初めて冒険者活動をした俺は、その厳しさを痛感していた。

限られた水と食料で行動し、歩行以外に移動手段がない。体力回復のために休憩すれば、体温が下がって寒くなる。雨が降れば無収入になるし、昨日のような一日で終わる高額依頼など、都合よく何度も存在しないと思う。

怪我をしたり風邪を引いたりしたら、冒険者活動を長期間休止せざるを得なくなる。本格的に冷え込む前に、しっかりと対策を取っておくべきだ。

何より、グラウンドシープの肉をジンギスカンで食べたい！　甘辛ダレなんて贅沢は言わない、塩でいい！

早速、俺は八百屋に直行した。百万円という資金力を活かして、目の前にある大量の野菜を爆買いする。

「八百屋のオッサン、店の野菜を全部半分ずつ売ってほしいんだが、いくらになる？」

「おいおい、大量の野菜を買い込むのに、一人で来るやつがいるか？　ガキだからって、冷やかしなんてするんじゃねえよ。みっともねえ」

「先払いで払いましょうか。金貨十枚で足ります？」

「坊ちゃん、七枚もあれば大丈夫ですよ。ささっ、綺麗な箱に野菜を詰めて、お渡しいたします」

　金を見せた瞬間、八百屋のオッサンの態度が豹変した。俺の見た目は若い冒険者にしか見えないし、気持ちはわからないでもないけど……調子のいい人だな。

「箱は大丈夫です。インベントリに入れて持ち帰りますので」

「ワイルドなインベントリをお持ちの坊ちゃんですね～」

　どういうお世辞なんだよ、と思いつつ、俺は大量の野菜をインベントリに入れていく。

　これくらいなら普通の生産職でも入りそうだが、インベントリに詰め込む人は少ないんだろう。本当に入るのか疑問を抱くような店主に、見つめられ続けるのだった。

＊＊＊

　雨が降り続ける中、久しぶりの買い物でテンションが高まった俺は、街を走り続けた。

　鍋・小麦粉・塩といった料理アイテムから、綿・布・ボタンといった日用雑貨まで、多少変な目で見られながらも、大量購入。物流量が日本と違うせいか、予想以上に出費したが、こればかりは仕方ない。

塩が一キロで五万円しようとも、胡椒が一キロで十万円しようとも、俺は買った！　ジンギスカンのためにッ！　今後の冒険者生活をより快適に過ごすためにッ‼

その結果、冒険者の初依頼で百万円も稼いだのに、早くも半分近く使ってしまったが……後悔はしていない。

昨日まで金を貸してくれていたリズに知られたら、計画性がないと怒られそうなので、内緒にしようと思う。

一通り買い物が終わり、遅めの昼ごはんをパン屋さんで食べた後、鍛冶屋に向かった。

まともに武器が扱えなくても、クラフターとして、本物の鍛冶職人の作った武器が見ておきたい。この世界の鍛冶スキルも気になるし、護身用に武器を持っておいて損はないから。

鍛冶屋に到着して中に入ってみると、様々な武器や甲冑《かっちゅう》が飾られていて、奥の工房からは鉄を叩く音が、カンッカンッカンッと聞こえてくる。値段もピンからキリまであって、大量の武器が並べられている姿を見ていると、それだけで圧倒されてしまう。

街で一番大きな鍛冶屋に来たけど、さすがに本職は武器の質が違うな。パッと見ただけでも精錬された印象を受けるし、手に取ると武器の情報がなんとなく伝わってくる。

耐久力が高い、切れ味が鋭い、魔物の素材が使用されている……といった大雑把な内容で、正確な情報まではわからない。元々武器の知識はないし、素人の俺が判断できるはずもないから、クラフトスキルの影響だろう。

それにしても、本当に精錬された武器だな。ずっと眺めていられるほど、綺麗な刀身をしているよ。

クラフトスキルで作った石の斧とは全然違うし、武器だけで言えば、鍛冶スキルは上位職に分類されるに違いない。

「お前、生産職の人族か？」

不意に声をかけられて振り向くと、そこには一人のドワーフがいた。

鍛冶作業を続けた証のようなたくましい腕の筋肉に、ヒゲを生やした年配のドワーフ。俺よりも背が低いけど、堂々と佇む姿は職人のオーラがあり、ムスッとした表情を浮かべている。

スッカリ武器の虜になって、本当にずっと眺めていたのかもしれない。この店の鍛冶師と思われるドワーフに声をかけられるとは。

「確かに俺はクラフターですけど、どうしてわかったんですか？」

「周りをよく見てみろ。手に取った武器をじっくりと眺めるだけの人族なんて、他にいねえだろう。武器マニアか生産職くらいしか、そんな真似はしねえ」

言われてみれば、店内にいる冒険者らしき人たちは、軽く剣を振っている。グリップの感触を確かめたり、重さを確認したりして、武器を使う前提で商品を見ていた。

「申し訳ないです。冷やかしのつもりはなかったんですけど、ちょっと見入ってしまいまして」

「馬鹿を言うな。つい手に取って見たくなる気持ちはわかる。ワシも昔は、他の鍛冶屋の武器を眺めて、自分の目を肥やしたもんだ」

　てっきり怒られるのかと思っていたけど、そうではないみたいだ。どうやらムスッとした顔は生まれつきらしい。

「そう言っていただけるとありがたいです。護身用のナイフは買うつもりなんですが、ついでに鉄鉱石を販売してもらうことはできますか？」

　俺が鍛冶屋に足を運んだのは、武器のためだけではない。クラフターなら誰もが一度は使ったことのある道具『竈《かまど》』を作りたいんだ。

　竈は火を使う作業台のようなもので、大金を出費したとしても、できるだけ早く用意しておきたいアイテムになる。

「ほう。お前、名前はなんて言うんだ？」

「ミヤビです。今は冒険者でサポーターをしながら、クラフターをやっています」

「ワシはこの鍛冶屋の三代目、ヴァイスだ。今時、クラフターが武器作りに挑戦しようと訪ねてくるとは……気に入った！　今までに作った武器があれば、見せてみろ」

　勝手に鉄鉱石の使い道が武器だと限定され、俺は少しばかり戸惑ってしまう。

　このタイミングで、ジンギスカンのために竈を作りたいんです、とはさすがに言えない。そして、鉄鉱石の販売をお願いした以上、武器を見せないわけにもいかない雰囲気になっていた。

　今はまだ素材採取を始めたばかりだし、街道で拾った木と石で作った原始的な武器しか持っていない。鍛冶職人に見せられるようなものではないけど、ヴァイスさん、なんかワクワクしてるんだよなー。

「ヴァイスさんに見せられるほどの武器は持ってないんですけど」

ハードルを下げた俺は、木を切っていた石の斧を取り出し、ヴァイスさんに手渡した。

受け取ったヴァイスさんは目つきが変わり、真剣な表情で石の斧を眺めていく。

重さ、感触、見た目など、丁寧に見てくれるが、気が重い。店に置いてある武器と比べると、雲泥の差があるのは一目瞭然だ。

「クラフターが武器を作る……か。面白い、余剰分の鉄鉱石を分けてやろう」

よかった、何とか合格点をもらえたよ。石の斧で評価してもらえるとは思わなかったけど、鍛冶師として、何かを感じ取ってくれたんだと思う。

ニカッと笑うヴァイスさんを見て、俺は心の底から安心するのだった。

ヴァイスさんに店の奥へ連れていってもらうと、そこには広々とした工房が広がっていた。

武器を作る弟子みたいな人たちが至る所で竈を使い、工房内には程よい熱気がこもっている。

途中で従業員の女性が数人ウロウロしていたから、かなり繁盛している店みたいだ。

三代目と言っていたし、鍛冶屋の老舗なんだろう。

工房を通りすぎて、その先にある倉庫に入れてもらうと、大きなコンテナが置かれていた。

中を覗いてみると、そこには大量の鉄鉱石が入れられている。

明らかに一軒の鍛冶屋で消費する規模ではないと思うんだが……。

「驚いたか？　基本的に生産ギルドを経由して鉄鉱石を購入するが、ワシみたいに直接業者から買い取る者もいる。付き合いのある同業者や意欲のある生産職に分けてやることくらいは、朝飯前ってわけだ」

「どうりで武器の質が高くて、工房も大きいと思いましたよ。こんなに大量の鉄鉱石を見たのは、生まれて初めてです」

「ガハハハッ。まあ、運がよかったじゃねえか。普通の鍛冶屋に足を運んでも、険しい顔をされるだけだぜ」

　そう言って、ヴァイスさんは倉庫の奥へと歩いていった。

　確かに、普通は快く承諾してくれないだろう。手当たり次第に掘ったら出てくるものではなく、鉱山に行って採取する貴重な素材になるはずだ。冒険者が欲しいと言って、譲ってもらえる可能性は低い。

　一番大きな鍛冶屋に来てよかったーと思っていると、両手で大きな箱を抱えたヴァイスさんが戻ってくる。それを俺の目の前にドシンッ！　と下ろすと、中にはミッチリと鉄鉱石が詰まっていた。

「クラフターが欲しい量はわからねえが、これだけあれば十分だろ。意欲のある駆け出しの鍛冶師が相談に来たときは、いつもこれくらいは分けてやっている」

　予想以上に気前がよくて、声を出して喜びたいほどの気持ちが胸の中に込み上げてくる。

　でも、問題は値段なんだよな。生活費を残さないといけないし、今後の冒険者活動でも金は必要になる。

「こんなにも分けてもらえると思っていなかったので、驚いています。手持ちがあまりないんですけど、いくらになりますか？」

「石で斧を作るやつに、金なんて期待してねえよ。ましてや、冒険者業をしているクラフターだろう？　金がねえことくらいはわかってるよ」

ヴァイスさんに言われて気づいたが、原始的な石の斧を見せている時点で、金を持っていないと言っているようなものだ。クラフターは安価な依頼をこなす人が多いとリズが言っていたし、大量の鉄鉱石を買い取れると、最初から考えていなかったんだろう。

それでも声をかけてくれたのなら、ありがたい話だ。でも、うまい話には必ず何かがある。

「交換条件を出そう。この鉄鉱石で良い武器ができたら、ワシに見せに来い。どれほどの武器をクラフターが作れるのか、興味がある」

おいしいジンギスカンができると思います、とは、絶対に言えない雰囲気である。

俺としては、金を消費せずに鉄鉱石が入手できるに越したことはない。老後の遊び感覚なのか、ただの興味本位なのかわからないけど、断るにはもったいない話だ。

金がないとわかっている人を騙す意味はないし、鍛冶師と繋がりを持っておいて、損はない。

生活にゆとりができたら、武器作りに挑戦するのもいいと思う。

「ヴァイスさんに見せても恥ずかしくない武器になると、時間がかかりそうですね」

そのため、素材に余裕ができたら作ることにして、時間がかかるアピールをした。どのみち、かなり良い魔物の素材でもない限り、鍛冶師を納得させられる武器は作れないだろう。

「無理そうだったら、しばらく店の業務を手伝ってもらう形でも構わないぜ。あれだけ綺麗に石の斧が作れるなら、魔力の扱いには慣れているだろ」

「ハハハ……そうですね。鍛冶師の皆さんほどうまくはないと思いますが」

本物の鍛冶師が営む店の手伝いは気が引けるため、俺は苦笑いで誤魔化していると、不意にヴァイスさんが真剣な表情で見つめてきた。

「それに、武器作製のアドバイスもしてやれるかもしれん。あの石の斧には、妙な可能性を感じたんだ。鍛冶師が石の斧を作る機会はねえが、他の材質で作る武器なら違和感の正体がつかめる可能性がある」

予想外のことを言われて、俺は驚きを隠せなかった。

丁寧に一本ずつ武器を作る鍛冶師と、材料と魔力を合成して武器を作るクラフターでは、根本的に作り方が違う。魂を込めて武器を作る鍛冶師からすれば、クラフトスキルは邪道の領域になるはず。

それなのに、ヴァイスさんはクラフターの俺を気にかけてくれている。

同じ生産職の人間として、これほど嬉しいことはない。何とか良い武器を作って、ヴァイスさんに見せに来ようかな。

「非の打ち所がないものを作って、いつかヴァイスさんを驚かせてみせますよ」

「馬鹿を言うな。木を伐採できる石の斧を作製していることに、こっちはもう驚いてるぜ。良い老後の楽しみができたってもんだ」

昨日、木を採取したばかりとはいえ、石の斧を見せただけで気づかれるとは。鍛冶師がすごいのか、ドワーフがすごいのかわからないけど、そういうところまで見抜くんだな。

俺が思っている以上に、ヴァイスさんはすごい人なのかもしれない。

この後、ガハハハッと笑うヴァイスさんに冒険者カードを要求され、身分を確認された。何の問題もなく無事に鉄鉱石の入手に成功すると、帰り際に護身用のナイフを購入。気前よく割引してくれるほどには、良くしてもらった。

安価な依頼しか受けられず、生活が苦しいクラフターは多いのかもしれないけど、ヴァイスさんみたいな人がいるから、うまく成り立っているんだろう。

同じ生産職同士で手を取り合い、互いに良いものが作れるようになれると嬉しいなー。

まだまだ激しく雨が降る中、レインコートを着た俺は、ヴァイスさんの店を後にする。

朝は寒くて憂鬱《ゆううつ》な雨だったけど、今は素敵な出会いへと導いてくれた天の恵みだと思えてきた。

都合が良すぎるかもしれないが、たまには雨もいいよなー。

＊＊＊

なんだかんだで有意義に過ごした一日が終わりを迎えようとしていると、重大なことに気づく。

ウロウロしすぎて、宿の帰り道がわからなくなったんだ。雨が降っている影響で人通りも少ないし、誰かに聞こうと思っても、声がかけにくい。

ちょっと恥ずかしいけど、ヴァイスさんの店に戻って教えてもらった方が良さそうだな。

「あっ、迷子」

的確に俺の状況を表す言葉を発した方を向くと、レインコートを着た獣人、メルがいた。偶然にも、前回の迷子で宿に案内してもらったばかりで、顔見知りになる。

よって、迷子の相談がしやすい。

「ごめん。また迷子になったんだけど、道を教えてもらってもいい？」

本当に迷子だったの？　と言わんばかりに驚かれるのは、さすがに恥ずかしいな。メルみたいな小さな子でも、迷子にならずに暮らしているっていうのに。

「宿は、あっち」

東の方向を指で差したメルに見つめられるが、そっちは風鈴亭がある方向だろう。

「実はさ、宿を変えたばかりなんだ。風雷亭っていう宿になるんだけど、知らないか？」

「……私と同じ宿。案内する」

前回に続き、腕の裾をつかまれた俺はメルに案内されていく。

唯一違うのは、レインコートに隠れた尻尾がペシペシと当たらないこと。後ろ姿だけ見れば、小さな子が二人羽織でもしているかのように、尻尾でモコッとなっていた。

「メルはBランク冒険者だったっけ。やっぱりすごいんだな、あんな豪華な宿に泊まれるなんて」

「……Fランクは、貴族のボンボン？」

「昨日パーティでこなした依頼報酬が大きくて、宿を変えただけだよ。あと、名前はミヤビだ」

名前を覚えるのが苦手なのかな。迷子とFランクという情報しか入っていない気がする。

「依頼をこなすのは良いこと。頑張れ、ミヤビ」

「メルに名前を覚えてもらえるように頑張るよ」

他愛のない会話をしながら歩き進めていくと、目的の宿である風雷亭に到着する。

予想以上に動き回っていたみたいで、けっこう遠かった。

「今回も助かったよ。ありがとう、メル」

「……うん」

そう言ったメルは、ジーッと俺の目を見つめたまま、動かない。どうしたのかなーっと思ったところで、ハッと気づいた。

「ちょっと待っててくれ。今からお礼を作る」

ウンウンと頷くメルを見れば、お礼待ちだったのは間違いない。

せっかくクラフト素材も買ったばかりだし、今回はバージョンアップして、猫のぬいぐるみを作ろうかな。この世界で一番クラフターっぽいことをしているのが、迷子のお礼というのは複雑な気持ちになるが、喜んでもらえるのなら、悪くはない。

雨も止みそうにないから、早速作業に取り掛かるとしよう。

まず、本体となる茶色の生地を猫の形になるように、【ハンドクラフト】を使って魔力で加工する。

普通であれば、繋ぎ合わせるために針で縫う作業に時間がかかるけど、クラフトスキルは違う。糸に魔力を流した後、縫いたい部分にも魔力を流していけば、自動で縫い合わさっていくんだ。

思わず、メルが「おお……」と声を漏らす程度には、丁寧で速い。

気分を良くした俺が綿を詰め、ボタンや色の違う布で顔のパーツを組み合わせて、外観を整え始める。

木彫りと違って表情が出しにくいため、口角を少しだけ上げる程度に留めた。これ以上やると、不自然な猫のぬいぐるみになる可能性が高いから。

仕上げに、ぬいぐるみの表皮に魔力を丁寧に纏わせた後、クラフトスキルにしかできない芸当を披露する。グラウンドシープの羊毛を使って、生地から毛を生やすんだ。

ブワッッッ！　と、一気に。

「おおおおっ！」

パチパチパチッとメルが拍手するくらい盛り上がったところで、猫のぬいぐるみが完成した。

見られて作るのは緊張するけど、喜んでもらえると嬉しい。

受け取ったメルは、手触りが気に入ったのか、モフモフして遊び始める。

「ありがとう。……ミヤビ」

「こちらこそ、宿に案内してくれてありがとう」

嬉しそうな顔をしたメルは、猫のぬいぐるみをギュッと抱き締め、宿の中へと入っていく。

二階の階段をリズムよく上がっていったけど、鼻歌でも口ずさんでいたんだろうか。機嫌を表すように尻尾がユラユラと揺れていた。

メルの後ろ姿を見ていると、クラフトしたこっちまで頬が緩んでしまうよ。これで、さすがに名前を覚えてもらえたかな。

宿の前で物思いにふけっていても仕方ないと思い、俺も宿の中に入っていく。冷え切った体と疲れを癒してくれる、大浴場に思いを寄せて。

四章 × リズの夢

　太陽の光に照らされ、爽やかな気分で起床すると、異世界に来て一番気持ちのいい朝を迎えていた。

　まだ少し肌寒く感じるものの、飛び起きるようなことはない。風雷亭には毛布がついているし、昨日は大浴場で体の芯から温まり、グッスリと眠れた影響が大きいんだろう。

　二度寝したい欲求を抑えて、食事を済ませると、宿の入り口で冒険の準備を整えるリズを待つことになった。

　パーティで同じ宿に泊まる人が多い影響か、防具を着た冒険者たちが俺と同じように誰かを待っている。宿の利用者の多くが冒険者だと思うし、異世界ならではの光景だな。

　冒険者たちの装備が気になって観察していると、準備を終えたリズがやって来た。

「お待たせ。ちょっと遅かったかな」

「そうでもないよ。寒くて飛び起きることがなくなった分、俺もゆっくりしていたからな」

「この宿はお風呂にも入れるし、広間に暖炉があって暖かいもんねー。この生活が維持できるように、依頼も頑張らないと」

　優雅な朝を過ごした俺たちは、宿を後にして、冒険者ギルドへ向かっていく。

　いつもと同じように街を歩いているだけだが……、今日はリズの雰囲気が違う。昨日の朝から会わなかっただけで、急激に大人っぽくなっていた。

　朝風呂に入ったのは間違いなく、サラサラの髪をなびかせ、花の香りが漂ってくる。蓄積していた疲労も吹き飛んだのか、シャンッと胸を張っていて、血色もいい。

　無防備な雰囲気と大人びた雰囲気が合わさって……って、一回りも年が離れているのに、何を考えているんだろうか。肉体年齢が近い影響もあり、フレンドリーに接してくれるリズに悪い印象はないが、恋愛対象ではないと思うんだ。

　親戚の女の子というか、娘のような感覚に近く、異性として見てはいなかったんだが……、今日は大人っぽいよな。

　歯がゆい気持ちになりながら歩いていると、リズは何かを察したのか、キョトンッとした表情で首を傾げた。

「ねえ、ミヤビ。昨日は雨の日に出かけてたけど、風邪引いてないよね？　妙に口数が少ない気がするけど」

「お、おう。風呂も入ったし、元気だぞ」

「それならいいけど、調子が悪いときはちゃんと言ってね」

「わ、わかった。リズも体調が悪いときは、遠慮なく言ってくれよな」

「うん、言うけど……。なーんか今日、ぎこちなくない？」

　ピタッと足を止めたリズは、俺の顔を覗き込んでくる。目を細めて口を尖らせてる姿が、今日ばかりは年上の女性に見えてしまう。

「今から依頼を受けて冒険へ出かけるのに、気が緩んでるのは困るぞー。体調管理も冒険者の仕事の一つなんだから、ちゃんと気を付けてね」

「……はい」

大丈夫かなー、とリズが不安げな表情を浮かべるが、体調はバッチリだ。自分の顔を手で触らなくても、熱を持っていることくらいはわかるけど……、それはまた別の話になる。

慣れないリズの雰囲気に押されつつ、冒険者ギルドに向かって、俺たちは再び歩き始めるのだった。

冒険者ギルドに到着すると、今日はいつも以上に冒険者たちが集まっていて、大きく賑わっていた。

テーブルを挟んで話し合う人や、立ったまま相談し合う人が多く、臨時でパーティを組もうと大声を張り上げている人までいる。

共同で依頼を受けたい人が交渉している影響で、まだ依頼に出発できていないんだろう。熱気が充満していて、少し息苦しい。

そんな人混みをスルスル～っと通り抜け、依頼掲示板へたどり着くと、リズが掲示板で依頼書とにらめっこを始める。

眉間にシワを寄せて悩む姿は、先ほどまでの大人びた雰囲気はなく、いつもと同じあどけない女の子にしか見えなかった。

「うーん。今日の依頼はイマイチだなー」

スーパーで野菜を厳選する主婦のようにも見えるが。

「雨上がりで依頼の量は多いけど、良い依頼はなさそうか？」

「地面の状態を考えると、私の歩行速度では往復が限度の場所ばかりなんだよね。魔物も雨で移動してると思うから、探すのに手間取る可能性があるし」

確かに、魔物も生きている以上、同じ場所に留まるとは限らない。雨を避けるために移動して、依頼場所にいなくなっていた場合、周辺を調査する義務も生まれるだろう。

冒険者ギルドに、魔物が生息域を変えて依頼が遂行できないことを報告しないと、失敗扱いになるはずだから。

そうなると、寒空の下で野営する必要が出てきたり、違う魔物と遭遇する危険性もあったり、イレギュラーな要素が含まれてくる。

大勢の冒険者たちが臨時でパーティを組もうとするくらいだし、パーティを組み始めたばかりの俺たちには、まだ荷が重そうだ。

「寒いけど、護衛依頼はどうだ？　毛布を買い込んでいけば、寒さ対策にはなるぞ」

「特別な理由でもない限り、護衛依頼は数日前に申請する決まりになってるの。それに、朝晩が冷え込むこの時期の護衛依頼は、私も極力避けたいよ」

「でも、数日前には受けていたよな」

「あれは……依頼主が女性だったから。護衛依頼が男性ばかりなら、気が休まらなそうだなーと思って。女の子にしかわからないことだって、あるんだもん」

　リズは恥ずかしそうに言うが、そんなことまで考えて依頼を受ける冒険者は少ないだろう。冒険者ギルドもトラブルを回避しやすくなり、安心して依頼を任せられるし、依頼主にも喜ばれやすい。長旅で気遣い上手な子が一人いるだけでも、部隊の雰囲気は変わるはずだ。

　数日前、護衛依頼を終えたリズが半日近く眠っていたことにも納得がいくよ。部隊リーダーをやっていたみたいだし、相当気疲れが溜まっていたに違いない。

「リズは思いやりがあって、いい子だよなー」

「な、なに？　急に変なこと言わないでよ。やっぱり風邪でも引いたんじゃない？」

「冷え性で寒がりなのに、周りに気を配れるなんてすごいなーって思っただけだよ」

「あー、もう。わかったから。と、とにかく、今日の依頼は受けない方がいいかな。危ない橋は渡りたくないもん」

　風呂上がりのように顔を赤くしたリズは、プイッと依頼掲示板に背を向ける。

　人混みで乱れた髪を手ぐしで整えながら、少しでも早く去りたい素振りを見せて、足早に立ち去っていくのだった。

　冒険者ギルドを後にした俺たちは、雨上がりの街並みを一緒に歩き進める。

「昨日は随分と長い買い物をしてたみたいだけど、ミヤビは何かやりたいことがあるの？」

「いっぱいありすぎて、何から手を付けていいかわからない感じだな。クラフトで何かを作るにしても、素材に限りがあるし、必要な物から順番に作っていきたいんだ」

「巨大な落とし穴を作っちゃうくらいだもんね。うぅ〜、思い出すだけでも鳥肌が立ちそうだよ」

　悪寒でも走ったのか、リズは少しだけ体を震わせた。

　ここは魔法が存在する異世界だし、スキルを活用して落とし穴を作ったくらいでは、そこまで怯える必要はないと思う。でも、戦闘に関与しないはずのサポーターが、冒険者のトラウマにもなるグラウンドシープを討伐したことで、鮮明に記憶しているんだろう。

　あのときのリズは、地面と落とし穴の境界線がわからず、恐る恐る動いていたくらいだから。

「草の生え際をよく見れば、落とし穴の場所はちゃんとわかるんだぞ」

「わかんないよ。人も魔物も絶対に引っ掛かる、恐ろしい罠だったからね。生まれて初めて、クラフトスキルに恐怖を感じたもん」

　拗ねるように口を尖らせたリズは、落とし穴に嫉妬しているように見えた。楽に討伐できた反面、戦闘職としては不甲斐ない気持ちになったのかもしれない。

　でも、落とし穴は万能な罠ではない。グラウンドシープとは相性が良かっただけで、落とし穴を有効活用するには、条件が必要になる。空を飛んでいる魔物には無効だし、罠を察知する魔物もいるため、なかなか使いどころが難しいんだ。

　今は言ってもわかってもらえないだろうなーと思っていると、リズが何かをひらめいたようにポンッと両手を叩いた。

「そうだ！　欲しい素材があるなら、一緒に取りに行こっか。ミヤビのインベントリがあれば、魔物を討伐するだけでも利益に繋がりやすいし、一石二鳥じゃない？」

　素材採取を付き合わせるのは気が引けるけど、今回は甘えさせてもらおうかな。一人で採取するのは危険だし、護衛してくれる人がいないと、まともに採取ができそうにない。何か実用的なものを作ってリズに返せば、喜んでくれるだろう。

　素材が乏しいとクラフトできるものが限定されるから、序盤でしっかりと採取できるのは、本当にありがたいんだ。

「助かるよ。実は素材不足で困っていたんだ。木材だけでも調達できると嬉しいよ」

「私もミヤビのクラフトに興味があるし、全然いいよ。何ができるのか、楽しみにしてるね」

　優しく包み込んでくれる姉のような雰囲気を出すリズに、やっぱり今日は大人っぽいかもしれないと思いながら、南門へと向かって歩いていく。

「クラフトしているとわかるんだけどさ、木の種類を変えるだけでも、見た目や肌触りが違って印象が変わるんだよ。特にその木目の味わいが――」

「はいはい、わかったわかった。違う木が生えてる森をウロウロしようねー。足元は濡れてるから、転んじゃダメですよー」

　俺が子供扱いされているのは、納得がいかないけど。

「子供扱いはやめてくれよ。さすがに恥ずかしいだろう」

「森や木で喜ぶのは、子供かエルフか獣人くらいなんだもん」

「……けっこういるじゃん。そこは子供だけって言うところだぞ」

納得するように頷くリズと一緒に、街を後にするのだった。

＊＊＊

素材採取を行うため、リズの案内でやってきたのは、大きな木々が立ち並ぶ森だ。

魔物が生息する世界なので、街を離れると色々な場所に森はあるが、ここは雰囲気が違う。森に足を踏み入れ、周囲をキョロキョロと見回せば、それが何かを理解した。

木の種類が豊富なんだ。樫の木だけでなく、ヒノキ・ブナ・松など、様々な木が自生している。

まさに、素材採取に適した大森林である！

「そんなに素材採取するの好きなんだ……。ここだったら、いろんな種類の木があると思うよ」

思わず、リズが呆れ果てるほど、俺は嬉々とした表情を浮かべているだろう。自分でも喜びが隠せていないと、ニヤける頬で察してしまう。

クラフトで何かを作るのも好きだけど、素材採取するのも好きなんだよなー。空っぽのインベントリに素材が蓄積していくのが嬉しくて、やめるタイミングがわからなくなるんだ。

夢中になると永遠に採取作業をする自信があるけど、リズと一緒なら大丈夫だろう。

「リズ、後は任せたぞ」

「心配しなくてもいいよ。護衛対象が一人なら、ここら辺の魔物程度は問題ないから」

しっかり者のリズに見守られながら、早速、インベントリから石の斧を取り出し、近くにあるヒノキを伐採する。

クラフトスキルの【採取効率強化】があるため、前回と同様にコンッコンッと三回叩くだけで、手早く採取ができるだろう。

「わかってるとは思うけど、森の入り口だけで作業は済ませてね。伐採した木が倒れると大きな音が出て、魔物が寄ってく――」

採取を始めた俺が木に石の斧を三回当て、コンッと音が鳴った瞬間、クラフトの【自動採取】スキルが働き、目の前にあった木が消えた。それと同時に、初めて見るであろうリズは固まってしまう。

現実が理解できていないのは明らかで、こっちをジッと見つめてくる。おかしいじゃん、と言いたそうなその瞳は、驚きすぎて瞬きすらしていなかった。

注意喚起してくれたところ申し訳ないが、スキルってこういうもんなんだよ。インベントリの容量に驚いていたくらいだし、クラフターの採取スキルに馴染みがないのもわかる。

でも、俺より魔物の警戒をしてほしい。

「ごめんね。いま寝てたみたい」

「見て見ぬふりをするなよ。クラフターの採取スキルが発動しただけで、現実だぞ」

「そんなわけないじゃん。だって、伐採した木が一瞬でインベントリに入るわけないもん。はぁ～、夢でよかったー」

現実逃避が始まったリズのために、近くのヒノキをもう一度伐採してみると、再び虚無モードに突入した。俺と切り株を何度も交互に見ているため、今度こそ夢ではないと理解してくれたと思う。

そして、すぐにニコッと笑みを浮かべてくれるリズを見て、俺は安堵した。すでにインベントリの容量で驚いたときに、対処法を学んでいるはず。

「いったん見逃すね。ちゃんと護衛しないと、命に関わるから」

「その方向でお願いします」

何事もなかったかのように素材採取を再開し、俺は石のスコップを使い、切り株を掘り起こした。一応、リズの顔色をうかがうが、力強く頷き返してくれる。

その行為も見逃しているから大丈夫だよ、と言っているかのような爽やかな笑顔だった。

真面目に警戒してくれるリズが傍にいてくれるだけでも心強いし、無事に採取が終わるまで、このまま過ごすとしよう。

魔物の対処を任せられるだけでも心に余裕が持てるし、着実にクラフトの下準備が整えられる。この世界で初めて採取したときは、素材採取を楽しむ余裕がなかっただけに、張りきってしまいそうだよ。

そのまま上機嫌になって木の伐採を続けていると、石の斧で木を叩く音が少しだけ鈍くなり始めた。

こういったときは、耐久力がなくなってきたサインになる。

コンッ、コンッ、コンッ、バキッ

何度も石の斧で木を伐採していれば、壊れてしまうのも当然のこと。形あるものはいつか壊れる運命にあるし、さすがにこればかりは仕方ない。

耐久力を回復させる方法もあるが、新たに作った方が素材の消費量は少なくなる。どんなものであったとしても、自分の作ったものが壊れるのは悲しいけど、高価な素材を使っていない限り、作り直すのが一般的だ。

頑張ってくれたことに感謝して、新しい斧を使わせてもらおう。

石の斧を作り直す前に切り株を採取するため、インベントリから石のスコップを取り出す。

ザクッ、バキッ

石のスコップも耐久力は低いため、すぐに壊れてしまうが。

序盤に必要なアイテムとはいえ、石と木で作られた斧やスコップだと、長時間の作業には向かないな。ヴァイスさんに分けてもらった鉄鉱石で鉄製品を作りたいけど、鉱山で掘れない以上は貴重な資源になる。できる限りは温存して、最小限の使用に留めておきたい。

廃坑でも見つけないと、一般市民の俺が鉄を大量に手に入れることは難しいだろう。ゲームの勢いで採取へ向かい、国で定められた法に触れるような行為は、絶対に避けなければならない。

「止まって。そこから動かないでね」

不意に、真面目なトーンでリズが声を発してきたため、俺は言う通りに動きを止める。

魔物の気配を感じ取ったみたいで、リズの表情は真剣だ。下手に音を立てるとリズの集中を妨害するし、魔物の位置が特定できなくなる可能性がある。

森の中に潜む魔物は動きが素早く、ちょっとしたことが命取りに繋がるはず。ゲームの中でも、手ごわい相手だった印象が強い。

ここはリズの指示に従って、ジッとしておこう。

僅かに吹く風が森の葉を揺らし、雑音が耳に入るなか、ゆっくりとリズが武器を構える。

「アイスニードル」

いくつもの氷の針が作られ、勢いよく森に放たれた。木々の隙間を通り、背の大きな草むらに吸い込まれていく。

キャヒンッという鳴き声と共に隠れていたウルフがドサッと倒れて、ようやく俺にも魔物の存在が認識できた。

「どうやって敵の位置を把握したんだ？　ウルフが近づいてきたことにも気づかなかったぞ」

「あまり難しいことじゃないよ。今日みたいな風のある日だと、葉が擦れる音にノイズが入るの。それで大まかな位置は割り出してるかな」

何気ない顔でリズは答えてくれるが、同じ現場にいた者としては、ノイズなんてものは聞こえなかったと断言せざるを得ない。

　どうしよう、立場が逆転した気がする。リズが何を言っているのかサッパリわからないんだ。

「不自然な音なんて聞こえなかったぞ」

「経験の問題じゃない？　今のは低ランクのウルフだし、聞き取りやすかったもん。少し向こうにウルフがもう一体いる話もする？」

「普通に教えてくれよ。急に怖いこと言うじゃん。のんびり採取できなくなるぞ」

「心配しなくても、様子を見るウルフはどこにでもいるよ。だって、ここは森だもん。襲ってくるかこないかは、また別の話なの」

「襲ってこないならいいんだけど、知りたくない情報を知ってしまったな……。素材採取に支障が出そうだから、一回聞き流すわ」

　互いに信じられないところがあると知り、見て見ぬふりをして、素材採取を続けていく。

　魔物の対応はすべてリズに任せて、無我夢中で採取を楽しもうと思う。

＊＊＊

　街を出発して四時間が経過する頃、森の採取活動を中断した俺たちは、草原を歩いていた。

　すでに多くの木々を伐採して、色々な家具が作れる程度には集まったけど、まだ満足のいく量ではない。時間があるときに素材採取しておかないと、材料不足で悩む傾向があるため、別の森へと移動している。

もしここがゲームの世界だったら、わざわざ場所を変えることなく、同じ森で採取を続けていただろう。でも、現実ではそれが通用しない。

魔物が生息する森である以上、考えもなしに木を伐採し続けるような真似はできないんだ。生態系に異常が出るかもしれないし、魔物を追い出すことになれば、街に大きな被害が出る可能性もある。

無責任な行動を取って、商人さんが襲われでもしたら、大変な事件になるからな。リズは責任感が強いし、特に注意して素材採取をした方がいいだろう。

善意で付き合ってくれているリズは、すでに呆れ果ててしまって、それどころではないが。

「国が新しい街を作るとき、絶対にミヤビは参加した方がいいよ。クラフターだと信じてもらえないと思うけどね」

大きなため息を吐き、ジトッとした横目で見つめてくるリズを見れば、今日ばかりは子供扱いをされても仕方がないと思った。

まだ木が欲しいの？　と言いたそうな顔は、遊び足りない子供を見る親のような視線に見える。

「他のクラフターたちが遠慮しているだけで、普通はもっと素材が欲しいと考えるよ。リズみたいに付き合ってくれる人は、なかなかいないと思うぞ」

何日も護衛依頼をする冒険者とはいえ、森の中を何時間も護衛してくれるリズは、本当に大きな存在になっている。危険な魔物が出そうな領域になると、ちゃんと止めてくれるから。

　魔物の足跡が残っていたり、木に付けられた傷があったり、魔物の骨が落ちていたり。色々な情報を読み取って、危険性が高まると教えてくれるんだ。

「こんなに淡々と素材採取をする人は、ミヤビしかいないよ。普通は生産ギルドが領主様に依頼して、伐採したものを兵士が持ち帰るの。大掛かりな仕事になるし、伐採する音で魔物が寄ってくるから、冒険者に護衛依頼が届くんだよね」

　そういえば、生産ギルドが素材を管理していると教えてもらったっけ。現実的に考えれば、すぐにインベントリがいっぱいになるし、短時間の護衛依頼を冒険者にお願いしたところで、割りに合わない出費になる。

　つまり、最初から生産ギルドで購入した方が時間も金も節約できるってわけか。

　インベントリの容量が増えるまで採取ばかりして、クラフトスキルを極めようとする人がいないのも当然だな。もしかしたら、採取能力が向上するスキルがあることも知られていないかもしれない。

「それなのに、隠密で採取するって、なに？　木が倒れずにインベントリに入るなんて、不自然にもほどがあるよ」

　スキルがある世界の人でもこう思うんだから、相当おかしい現象なんだろう。俺としては、的確にウルフの居場所を見抜くリズの戦闘スキルの方に驚くけど。

　ゲームの世界のように、戦闘が始まると音楽が変わったり、マップで敵の位置が確認できたりしないため、冒険者のすごさを実感したよ。森に一人で採取へ出かけたら、数分でウルフの餌になっていると思う。

今のリズに言えるような雰囲気ではないが。

「伐採スピードも速すぎるもん。原始的な石の斧だけで伐れるスピードじゃないよ。これからはクラフターって名乗らずに、開拓者と名乗ることをオススメするね」

思うところがありすぎたのか、魔物がいない場所で不満が爆発してしまったリズをたしなめながら歩き、小川が見えてきたところで昼休憩を取ることにした。

護衛で神経を研ぎ澄ませていたリズが革袋に水を汲み、おいしそうに飲み始めるなか、俺は草原に作業台を設置する。ヴァイスさんに分けてもらった鉄鉱石を使って、いくつものバケツを作製した。

バシャンッ！　バシャンッ！　と作ったバケツで水を汲み、昨日街で余分に買った革袋にもブクブクと水を汲む。

「一人だけサバイバルじゃん……」

頭を抱えるリズには、刺激的な光景だったらしい。でも、これは必要な行動だと思う。

「毎回飲み水を確保しなくても、蓄えておいた方がいいだろう。凶暴な魔物がいたら汲めないし、雨の影響で川が氾濫すれば、水の確保が困難になるかもしれない」

前回の冒険者依頼を教訓にした俺は、厳しい現実に目を向けている。

魔物がいるこの世界では、生易しい考えが通用しない。街を一歩でも離れたら、常に危険と隣り合わせになるんだ。

備えあれば憂いなし、その言葉の重みを痛感している。

「言ってることは正しいのに、行動が非常識なの。バケツに水を汲んで持ち運ぶ冒険者なんて、ミヤビしかいないよ」

「褒め言葉として受け取っておくよ。バケツの水を飲ませてくださいって、言う日が来ないといいけどな」

水の確保が終わると、口を開けてポカーンッとした表情で見守っていたリズに背を向け、地面に木ブロックを設置していく。

雨で濡れた地面の上に座りたくはないし、石の上は冷たくて、お尻が痛くなる。リラックスできない休憩なんて、そんなものは休憩と呼べない。しっかり体力を回復して、初めて休憩に価値が生まれるんだ！

午後も素材採取を手伝ってもらう予定だし、ここはサポーターの俺に任せておけっ！

草原にポンポンポンッと木ブロックを敷き詰め、二人で過ごせる休憩スペースを作り始める。インベントリに素材さえあれば、快適なスペースを作り出すなんて、クラフターにとっては朝飯前。クラフトで作るブロックは、どんな場所でも建築できることが最大の強みなので、地面が濡れていても関係ない。

落とし穴で活躍したが、本来はスローライフにピッタリなスキルなんだから。

あっという間に休憩スペースが誕生する頃には、リズの顔が死んでいた。呆れるを通り越して、現実逃避が始まったみたいだ。

しかし、これだけで終わらないのがクラフターである。

作業台の前に立った俺は、採取したばかりのブナの木を使って、椅子と机を作製した。お尻が痛くならないように、街で買った生地とグラウンドシープの羊毛を詰め込み、ふわふわのクッションも作る。

それらを、どーーーんっ！　とインベントリから取り出して、快適な空間を演出。すると、眩暈でも起こってしまったかのように、リズが額に手を添えて、渋い表情をしていた。

一刻も早く椅子に座って、体を休めてほしい。昼からの採取に影響する可能性がある。

「ちょっと待ってよ！　家じゃん！　屋根と壁がないけど、もう家じゃん」

「仮設リビング的な雰囲気をイメージしてみた。ゆっくり休憩できるだろう？」

「過ごしやすそうだけど、周りをよく見てよ。私の言いたいこと、わかるでしょ？」

真剣な顔で問いかけてくるリズを見て、何か重大な見落としがないか、考え始める。

慣れ親しんだこの光景は、『ユメセカイ』では当たり前だ。しかし、ここが現実世界だったら、どうだろうか。リズの冷え切った手を見て、俺はすべてを悟った。

これだけでは、本当に快適とは言えない。なぜなら、ゲームにはない感覚が存在するから！

重大なことに気づかされたため、急いで作業台の前に立つ。パパパッと作製して、一つのアイテムをリズに手渡した。

「そうそう、膝掛け助かるー。外だと寒いもんねって、バカッ‼」

リズのノリツッコミが、こだました。

意図を汲んだつもりだったのに、リズの考えていたことと違うなんて、予想外だ。しかし、サポーターとしては、正しい行動だと自負している。

ひとまず、リズに休んでもらうように椅子へと案内することにしよう。

抵抗する素振りを見せるリズだが、足は軽い。小声でブーブーと文句を言いながらも、クッションを敷いた椅子に座ると、借りてきた猫のように、しゅーんとなった。

「……うん、悪くはないよ。ここまでクラフトスキルが非常識だとは思わなかっただけで」

渡しておいた膝掛けで体を温めるリズは、満更でもなさそうだ。ゆっくりと体の力が抜けていき、冒険者として引き締めていた姿が崩れ、自然体になり始めている。

「クラフトの醍醐味と言えば、自分で作ったアイテムを使うこと、だからな」

俺も現実で使うのは初めてでワクワクしてるとは、さすがに言えないけど。

「悔しいけど、柔らかいクッションでお尻が痛くないし、温かい。周りをよく見てないと、魔物を見落としそうなくらい快適だもん」

「そこはちゃんと見ててくれ。魔物と一緒にごはんを食べるのは嫌だぞ」

「……温かい」

返事のないリズと周囲を気にしながら、ヴァイスさんに分けてもらった鉄鉱石を使って、竈を作製する。それと同時に、インベントリの機能【素材分解】を使って、樫の木を薪に変換した。

火を使うクラフト作業には竈が必要になるけど、薪や炭に火をつけておかないと、クラフトシステムが起動しない。そのため、火魔法を使う仲間に付けてもらう必要があるんだが……。

リズは自分の世界へ旅立っていて、期待できそうになかった。

「膝掛け、温かい……」

思わず、周囲に魔物がいないか確認してしまう。予想以上にリズの警戒心が抜け落ちていることに、驚きを隠せない。

相当冷え性がきつくて、悩んでいるんだろう。急に温かくなると気が緩んでしまうみたいだ。

今朝からずっと気を張り詰めて護衛してもらっていたし、火くらいは自分で何とかするとしよう。この世界にクラフトスキルを引き継いで来たなら、火を起こすくらいはできるはず。

クラフターが火を起こす場合、一番メジャーな方法は、付与魔術だ。

物質に魔力を浸透させて属性を付与する魔術の一種なんだが、素材と相性が合わないと、悪影響を及ぼすことがある。こんな風にな。

「付与魔術《エンチャント》：火」

薪からじわじわと煙が出始め、深部が赤くなる。次第にパチパチッと音が鳴って、火が付いた。

ゲームと同じ現象が起こったな。唯一違うのは、火が付いた薪は熱いということ。これを敵に投げつけて、ファイヤーボールと遊んでいたが、もう二度とできない禁術に認定しよう。

この世界でやると火傷するし、絶対リズにバカにされるわ。

「背中用にもクッションを作ってくれると嬉しいなー……」

当の本人は、呑気なものだが。

グラウンドシープの羊毛は二人で取ったものだし、リズは素材採取を付き合ってくれているんだ。遠慮がちに言わなくても、いくつでも作るよ。だから、ちゃんと周囲を警戒してください。

リズにクッションをもう一つ作った後、俺はもう一度竈の前に立った。すると、作業台と同じ効果が発生して、頭の中にレシピが表示される。

後はインベントリの中にアイテムが入っていれば、魔力を集めて、瞬時に作製が可能だ。

川で汲んだ水と街で買った茶葉で、温かい茶。街で買った小麦粉と牛乳で、焼き立てのミルクパン。そして、野菜と肉を使った、ジンギスカンッ‼

手に集めていた魔力が消費されると、インベントリ内に料理が作製された。後はコップに茶を注ぎ、ジンギスカンとパンを皿に盛りつければ、楽しみにしていた昼ごはんが完成する。

色とりどりの野菜が鮮やかで、厚めに切られた羊の肉に少し焦げ目がつき、焼き加減は完璧。小麦粉からクラフトしたパンはふわふわで、芳ばしくて甘い香りが広がる。温かい茶が実家のような安心感をもたらし、川に流れる水の音が癒しのヒーリングミュージックみたいだった。

そんな最高の環境で、出来立ての昼ごはんをいただくとしようか。

何の前触れもなく、料理を机に並べていくと、さすがのリズも順応したんだろう。温かい茶を飲んで、ホッと一息ついた。

「いったん考えるのやめるね。さっきからお腹空いてたんだー」

思考に限界が来ただけのようだ。スキルでできることなんだし、考えても仕方がないと思うんだが。

「はぁ～、おいしい……。グラウンドシープの肉、何か月ぶりに食べるんだろう」

リズがおいしそうに食べ始めたところで、俺も肉に手を伸ばす。フーフーと少し息で冷まして口に入れると、驚きを隠せないほど、味わい深い肉だった。

弾力が強く、クセがまったくない。ほんのり利いた塩が旨味を際立たせ、繊維の一本一本から肉の味がしているのかと思わせるほど、味が濃い。どれだけ噛んでも肉の旨味がなくならない恐ろしい肉であり、追いかけるように野菜を口へ放り込んでも、まだ肉の味がする。

こんなに負けず嫌いの肉は初めてだッ！

「ねえ、このパンはどこのパン？　甘みが強くておいしいんだけど」

「パンもさっきクラフトしてみたんだ。牛乳も入れたのが良かったんだろうな。どれどれ。おっ、確かに甘みがあっておいしい」

ゲームの中では、体力を回復するための消費アイテムにすぎなかった。

でも、意外にしっかり作ってくれるもんだな。ゲームだと味がわからなかったから、これは嬉しい誤算だよ。

「じゃあ、今度から小麦粉を買った方がいいね。普通にパンを買うよりも安くなるし」

「心配しなくても、もう大量に買ってあるぞ」

「本当⁉　ミヤビは良いサポーターになると思うよ」

本当に考えることをやめたリズと一緒に、ゆったり昼休憩を楽しむのだった。

食事を終えて、休憩セットをインベントリに撤去した後、素材採取を再開する。午前中に行かなかった森へ移動して、木の伐採を続けた。

石の斧や石のスコップを作り直し、大量の木材を採取するだけだが、予想以上に時間がかかる。魔物が一体だけで攻めてくるならまだしも、基本的にウルフは群れで活動するため、採取作業が中断させられていた。

いくらCランク冒険者のリズとはいえ、戦闘できない俺がいる以上、魔物に囲まれることは避けなければならない。場所を変えたり、睨み合いを続けたり、先制攻撃したりして、うまく対処していた。

何度ウルフが襲ってこようとも、必ずリズが察知してくれるので、危ない展開は一度もない。

そんなリズを間近で見続け、俺は尊敬の念を抱き始めている。

ウルフを討伐するたび、褒めちぎってしまうほどに。

「リズはすごいよなー……。こんなにアッサリとウルフを討伐するなんて。魔物の気配を察知する力が抜群にすごいよ」

「もう。討伐するたびに褒めてくれなくていいってば。ただの経験なんだから」

照れたリズが目線を逸らし、クルクルと髪を触り始めるところまでが、お決まりのパターンだ。

褒められ慣れていないリズはすぐに照れてしまう。

気分転換に戦闘のことを聞いてみたら、広範囲に展開した魔法でウルフを討伐するのが定石だと教えてくれた。仮に倒しきれなくても、素早さが落ちるため、追撃が容易になるらしい。

代わりに素材が傷んじゃうけどね、と苦笑いをしていたが。

魔物が住む世界での採取行為の厳しさと共に、冒険者の存在価値を強く認識できて、良い経験になったと思う。

護衛依頼代を払おうかと思うくらいにリズは頑張ってくれたが……そんなことを言うと、昼ごはん代が返ってきそうなので、内緒にしておこうかな。

＊＊＊

素材採取を終え、見晴らしのいい街道を歩いていると、辺りは夕暮れどきになっていた。

街道から目を逸らして草原を眺めると、青々とした草木が茜色に染まることなく、凛としている。それとは対照的に、街道の土は茜色に染まっていて、綺麗な景色だった。

前方に見えるＴ字路には、依頼終わりであろう八人の冒険者が合流するように歩いてくるため、俺たちはいったん立ち止まる。先に前を行ってもらい、少し離れてついていく。

向こうも和やかに話しているし、もう街に近い場所だから、魔物に強襲される危険が少ないんだろう。何かあれば助け合えるし、隣で歩くリズも人の声が聞けて安心したのか、森で護衛していたときより表情が柔らかくなっていた。

「受けられる依頼がなかったとはいえ、今日は随分と長く付き合わせちゃったな。俺も何か手伝える範囲で手伝うけど、リズはやりたいこととかないのか？」

　言いにくいことを聞いてしまったのか、リズは苦笑いを浮かべる。

「うーん……、笑わない？」

「大丈夫だ、笑わないよ」

　その質問に対して、笑う、とは答えられないし、実際に笑うことはできない。今後の友人関係が崩壊するかもしれない、恐ろしい前置きだから。

「私ね、いろんな魔法の勉強をして、自分の手で魔法を使ってみたいんだー。そう思い始めたのがきっかけで、ずっとAランク冒険者になりたいって憧れてるの」

　予想以上に真剣な内容で、ちょっぴり戸惑ってしまう。でも、それは笑うような話ではない。

「夢があっていいと思うぞ。冒険者ギルドの依頼掲示板でCランク依頼を見ていたのは、同年代だとリズ以外に見当たらなかった。このままいけば、Aランク冒険者になれるんじゃないか？」

「どうかなー。Aランク冒険者になるには、ギルドと国から推薦をもらう必要があって、ハードルが高いの。この国に推薦してもらうと、王城にある図書館を特別に使わせてもらえるようになるから、この地域で頑張ってるんだけど……」

　自信がなさそうに見えるし、本当に難しいのかもしれないが、俺はそう思わない。

「今日一日護衛された身としては、Cランク冒険者とあって、すでにプロの仕事だったと思うぞ。めちゃくちゃ安全だったからな。冒険者ギルドに依頼を出していたら、次から指名を出してでも護衛をお願いしたいくらいだよ」

「……恥ずかしいこと言わないでよ、バカ」

照れたリズに軽い蹴りをバスッと入れられた。思わず「痛い」と俺は声を漏らすが、本当は痛くない。条件反射のように声が漏れただけだ。

「ねえ。本当に、私がＡランク冒険者になれると思う？」

そう言ったリズは、思い悩んでいたことだったのか、次第に不安そうな顔へと変わっていく。

「私は魔法の威力が高くないから、うまくいかない気がするの。Ｂランク冒険者が使う魔法とは、威力が全然違うんだもん。今のまま頑張ってもＢランクにすら届かなそうで、最近はちょっと自信がなくなっちゃって……」

そういえば、Ｃランクの魔物であるグラウンドシープを討伐するのに、威力を高めようと【魔法チャージ】をしていたっけ。負担がかかるスキルみたいだったし、自分なりに工夫して戦闘しているんだと思う。

「魔法のことは詳しくわからないけど、Ａランク冒険者の推薦と魔法の威力は関係ないんじゃないか？　魔法使いとはいえ、どんな敵でも葬る強大な魔法を使えなければならない、ということはないだろう」

人それぞれ戦闘スタイルが異なる以上、活躍する場面は変わる。サポーターが戦闘できないのと同じように、魔法使いが常に活躍できるわけではない。一人の人間ができることは限られているし、職業の強みや弱みは必ず存在するのは、普通のことだ。

無理だと言わんばかりにうつむくリズは、よく思っていないみたいだが。

「私はさ……中級魔法が限界なの。正確に言えば、中級魔法でも使えないものもある。そんな魔法使いがAランク冒険者になるのは、やっぱり厳しいのかなって思うんだよね」

　ずっと悩んできたと察してしまうように、リズの声は小さかった。

　誰かに知られたくないというより、言葉にしたくなかったのかもしれない。Aランク冒険者になれると信じて歩んできた自分を、否定することに繋がりそうで怖いんだろう。

　中級魔法が限界では、Aランク冒険者になる資格がない、と。

　冒険者の評価の一つに、強さがあるのは間違いないと思う。でも、強さだけを追い求めてるうちは、まだ若い。社畜経験のある俺が、蔑《さげす》みがちなリズに現実を突き付けてやろう。

　同じパーティである仲間として。

「リズ、一回立ち止まって、前方を見てみろ」

　唐突に話が切り替わったことに戸惑いつつも、リズは立ち止まって前を向いた。そこには、先ほどT字路で道を譲った、八人の冒険者たちが歩いている。

　おそらく、二つのパーティで共闘していたんだろう。男七人、女一人で楽しそうにワイワイ話しながら歩いている。しかし、その後ろ姿は悲惨で、泥だらけだ。

「あの冒険者たち、装備が汚れているよな。なんであそこまで泥だらけのまま街へ向かっているのか、完全に俺の予想だが、聞いてくれ」

　ポカーンと口を開けたリズは、目を細めて確認した。キョロキョロと目が動くと、予想以上に泥で汚れていて、呆気に取られたんだろう。悩んでいたことを忘れたかのように、ウンッと頷く。

「わざわざ別パーティと依頼を受けて遠くまで行ったはいいものの、悪路で魔物と対峙。暴れる魔物が右往左往し、バシャバシャと泥が飛び跳ね、苦戦を強いられた。その証拠に、後方にいるはずの弓使いの女の子の髪にまで、泥がベタッと付着している」

たとえ戦闘中だったとしても、本人が泥に気づいていれば、すでに川の水で髪を洗い流しているだろう。それほど戦闘に集中していたという証拠であり、怪我がないから笑っていられるものの……、あのまま街に入るのは可哀想だよなー。

「川で防具を洗おうとしても、あれだけ汚れていると、内側の服まで染みついているはずだ。焚火で乾かす時間を計算すると、夜までに街へ帰れなくなる。最終手段として、街に近い川へ飛び込み、汚れを落として門へダッシュ。中に入れてもらった後、同じことを考えている者同士で集まり、暖を取るつもりだろう。宿で洗おうとしたら、金を取られてもおかしくはない」

「宿を汚したら罰金もあるし、そういう人は見たことがある。寒い時期に全身を濡らしたまま走って、門の内側で焚き火をしてる冒険者。何かの罰則だと思ってたけど、そんな理由だったんだ」

感心するようにリズは頷くが、そんな謎を解きたいわけではない。

「それを考えたら、天候や地面の状態を考慮するだけでなく、自分の歩行速度や体力まで把握して、依頼を受けない選択ができるリズは、冒険者に向いていると思わないか？　俺がギルド職員だったら、依頼が成功していても、あいつらの評価を下げるぞ。このままランクを上げれば、誰かが死ぬはずだからな」

一方、同じ状況で森を探索した俺たちはどうだろうか。恐る恐るリズが下を向き、自分の装備を確認しても、チラッと俺の装備を確認しても、綺麗なまま。当然、靴は泥で汚れているが、中に泥水が染みているわけでもない。

「戦士だって、軽装備で小さな剣を使って戦う人もいれば、大剣を振り回す重戦士もいる。でも、一撃の威力が高い重戦士しかAランクになれないわけじゃない。中級魔法までしか使えなくても、諦める理由にはならないだろう」

強いとか弱いとか大事だとは思うけど、実力だけで評価される世界ではないと思うんだよな。冷静に分析できるリズみたいな子は、派手な戦いができなくても、冒険者ギルドや同業者から信頼を寄せられるはず。

この冒険者に依頼を任せたい、そう思われるようになれば、いずれはきっと……。

「別に、諦めてないもん」

プイッとそっぽ向くリズには、もっと現実を突きつける必要があるだろう。こういうのは自覚することが大事なんだ。

「俺がいいなーと思う冒険者は、目上の人や職員に敬語を使える人物だな。貴族の依頼に備えて、普段から失礼のないように気を付けているんだと思う」

夕日で照らされた頬が赤いリズは、不自然なほどピタッと動きが固まる。瞬きせずにどこか一点だけ見つめる姿を見ると……、誰の話なのか、本人も察しただろう。

「依頼を出す女性の気持ちまで考えて、護衛依頼を受ける人までいるからな。魔法使いが魔物の索敵までしてくれると、前衛で戦う冒険者も楽になるはずだ。無闇に突っ込まなくていいし、怪我のリスクも少なくなる。ましてや、金のない人を助けて――」

「うるさいっ！」

バンッ！　と、俺の太ももに強烈な蹴りが入り、「痛ッ！」と声が出てしまう。これは本当に痛いパターンであり、ガチ蹴りである。

ちょっと言いすぎたみたいだ。ついつい調子に乗って、ベラベラと話してしまった。

「……ありがと」

お節介だったかもしれないけど、ボソッと呟くリズは……、可愛くてずるいと思う。

「やっぱり素直にお礼を言える冒険者は、痛ッ‼　待て、武器で叩くのはやめろ。それは暴力の領域だ」

これ以上は命に関わるため、リズにちょっかいを出すことをやめる。どっちが夕日かわからないくらいリズの顔が赤く、パーティ解散の危機に関わる案件になってしまう。

互いに心を落ち着かせた後、恥ずかしがって声を発しなくなったリズと共に、歩くことを再開した。

途中で装備を脱ぎ、川の水の冷たさに悶絶する男たちに追いついたときは、マジでやるんだなーと思ったけど。

「ミヤビ、ちょっと待ってて」

タタタッと駆け足で弓使いの女性に近づいていったリズが、なんて声をかけたのかはわからない。でも、ハッとした表情で髪の毛を触る女性の姿を見たら、だいたいのことは想像がつく。

川で汚れを落とした男性陣がすごい勢いで走り去っていくなか、弓使いの女性がしゃがむと、リズが優しく髪の泥を落とし始めた。

やっぱり今日のリズは、どこかお姉さんっぽい気がする。そう思いながら、女性に優しく声をかけるリズを俺は見守るのだった。

五章 × 二つの付与魔術

素材採取を終えてから、一週間が経過する頃。俺たちはできる範囲の依頼をこなし、怪我をすることもなく、無事に冒険者生活を送っていた。

毎日リズが依頼を厳選してくれるため、安全な依頼しか受けていないという方が正しいかもしれない。

魔物討伐へ向かうときは、戦闘できるリズが快適に活動できるようにサポートし、薬草採取へ向かうときは、俺がスコップでザックリ採取するところをリズに護衛してもらっている。

二人だけのパーティとはいえ、それぞれ役割が明確に違うため、互いにできないことを補い合えるし、堅実なリズのペースは俺に合っていて、のんびりと過ごすことができていた。

どれくらいのんびりかといえば、俺がいま、街の外で呑気に魚を取ろうとしているくらいである。

川の上流を土ブロックでせき止め、下流への逃げ道も土ブロックで塞ぐ。そして、魚がいない場所にブロックを敷き詰めていき、逃げる場所がなくなって右往左往しているところを、護身用ナイフでドスッと仕留める。

よし、今日の昼ごはんは魚だ。ブロック追い込み漁で四匹もゲットしたぜ。

魚と土ブロックを回収した後、予め火を付けておいた竈の前に立つ。

「Cランク冒険者にもなって、依頼中に魚を食べることになるなんて。最近は優雅に過ごしてばかりで、元の生活に戻れそうにないよ」

ズズズッと茶をすするリズも、随分と呑気になったもんだよ。以前に作った休憩セットの椅子に座り、膝掛けをかけて体を温めていた。

本来、外で魚を焼いて食べるという行為は、冒険者歴が長い人ほど避ける傾向にある。

調理に時間がかかるし、煙と強い香りで魔物に居場所を知らせるだけで、デメリットが多い。魚が焼きあがる頃には、周囲の魔物が集まってくるため、食事どころではなくなってしまうんだ。

そんなことをリズに説教されたのは、僅か数分前のこと。それが今や、久しぶりに魚が食べられるとウッキウキなリズである。

「海に面してないアンジェルムの街では、川魚も貴重なんだよね。仕入れるのも貴族用の飲食店ばかりで、気軽に食べられないんだから」

どうして説得できたかといえば、クラフトスキルの恩恵だ。インベントリに素材を入れ、頭の中に思い浮かべた後、手元に魔力を流せば……すぐに焼き魚が完成する。

煙が出ないだけでなく、一瞬で調理ができちゃう、便利なスキルなのさ。

早速、机に焼き魚を置いてあげると、頭と尻尾を手でつかんだリズは豪快にかぶりつく。

「ん～～！　塩加減がちょうどよくて、おいしい……！」

熱さでハフハフしながらも笑みをこぼす姿を見ると、リズの感情が手に取るように伝わってきた。焼き魚が食べられて幸せ～、と。

確かに焼き魚はおいしいんだが……、リズは本当においしそうに食べるよな。無邪気に食べる姿が子供っぽくて、娘と一緒にキャンプをしているような気分になるよ。

「ん？　どうかした？」

「いや、こういう生活も悪くないなーと思って」

「わかるよ、その気持ち。やっぱり焼き魚はおいしいもんね」

自然に囲まれた田舎で家族と一緒に過ごす、みたいな気持ちなんだが、通じていなさそうだ。魚を食べる生活も捨てがたい、そう変換された気がする。

幸せそうに食べるリズの姿を見ていたら、徐々に頭の中が焼き魚で埋め尽くされてしまうが。

そんなリズに影響されて、俺も出来上がったばかりの焼き魚にかぶりつくと、口いっぱいに幸せが広がった。

引き締まった身でありながら、ホロホロっと崩れていく魚の独特な食感に、ピリッとした塩が旨味を引き立てる。皮がパリパリッとして芳ばしく、熱々の身をハフハフと食べていると、焼き魚の良い香りが鼻を刺激して、より一層味わい深く感じていた。

異世界に来て初めて食べる魚が、大自然で育った取れたての焼き魚というのは、かなり贅沢だ。塩以外に調味料がないとはいえ、やっぱり魚はシンプルに塩焼きが一番おいしい。

のんびりと過ごせる冒険者生活、最高だよなー……。

昼ごはんを食べ終えた後、今日は早めに街に戻ってくると、いつもと同じように冒険者ギルドへ向かう。午後から自由行動を取るため、手頃な依頼を受けて、宿代を稼ぐ程度に留めておいたんだ。

　ずっと依頼続きだと疲労が溜まるし、雨が降れば稼げなくなる。戦いのカンが鈍らない程度に抑えて、のんびり過ごす日があってもいいだろう。

「ミヤビは昼から何する予定なの？」

「付与魔術について再確認するつもりだ。もっと使いこなせれば、戦闘も生活も楽になる気がしてな。リズはどうするんだ？」

　冒険者活動を続けるなら、付与魔術は必須になる。今のうちに確認して、戦闘でも応用できるようにしておきたい。

「私は魔法の勉強かな。Ｃランク冒険者になると、ギルドの図書館に入れてもらえるの」

「勤勉だなー。たまにはゆっくり休んだ方がいいぞ」

「宿の大浴場でリフレッシュしてるから、私は大丈夫だよ。ミヤビこそ、仕事熱心じゃない？」

「俺は真面目に仕事するんじゃなくて、遊び感覚で実験するだけだ。毎晩ブロックに付与魔術をかけていた頃が懐かしいよ」

　この世界に来るまでは、『月詠の塔』を建築していたこともあって、付与魔術を施すと光る鉱石『発光石』でよく遊んでいた。仕事のストレスを吹き飛ばす瞑想みたいなもので、寝る前の日課にしていたんだよなー。

「夜中に防壁修理の仕事でもしてたの？　日中で切り上げると思うんだけど」

「いや、完全に趣味だな。付与魔術を使うのが楽しくて、ついつい夜更かししたのは良い思い出だ。何度か仕事に寝坊して、怒られたこともあったっけ」

取引先に迷惑はかけなかったけど、毎日ゲームばかりして寝坊するなんて、小さい頃は考えられなかったな。その影響で異世界にやってくるとは、微塵も考えたことはなかったが。

「どうりでクラフトスキルがおかしくなるわけだよ。ちょっと慣れてきたけど、まだ目を疑うことも多いし、突拍子のない行動を取るんだもん。今日の魚だって、普通は食べないからね」

「机に魚を置いたら、すぐに手でつかむほどには、リズも順応してきたみたいだけどな」

依頼中に優雅に過ごすという背徳感を覚えたのか、最近は昼の休憩時間が嬉しそうなリズである。外でおいしいものを食べるという贅沢に、食いしん坊キャラが定着し始めていた。

「だって、久しぶりに食べたかったんだもん」

まだまだ子供っぽい一面を持つリズがプクッと頬を膨らませたところで、冒険者ギルドに到着する。

「また今度食べような」

「……うん」

恥ずかしがると小さく頷くリズと一緒に、依頼報告へ向かうのだった。

＊＊＊

依頼報告を終えた後、冒険者ギルドの図書館へ向かうリズを見送り、俺は街の外へ出た。一人でいても危なくないように、門に近い場所で付与魔術の実験を行う。

　ここなら火属性の付与魔術に失敗しても火事になる心配はないし、見晴らしがよく、何かあっても門兵さんに助けを求めやすい。冒険者らしくない行動だと思うが、俺の本職はクラフターなので、気にしないことにする。

「異世界で付与魔術はほとんど使ってこなかったし、安全には配慮するべきだ。何か問題を起こして、犯罪者になるわけにはいかない。門兵さんには迷惑かもしれないけど、ここで実験させてもらおう」

　先に心の中で謝罪しつつ、誰にも被害が出ない平原にインベントリから木ブロックを取り出し、地面に設置した。

　異世界生活にも馴染んできたけど、まだまだゲーム感覚から抜け出せない部分がある。付与魔術を施した木が燃えるという現象は同じであっても、熱いと感じたことはなかった。リアルな感覚に戸惑い、うまく対処できないときがあるんだ。

　他にも色々違う点があると怖いし、早めに付与魔術の効果を把握しておきたい。このまま武器や防具に施すのは、さすがに勇気が必要になる。

　今回は慎重に実験して、しっかりと付与魔術を把握しよう。

　まず初めに、素材と相性の関係を再確認する。薪を燃やす要領で木ブロックに魔力を浸透させ、付与魔術を行う。

「付与魔術《エンチャント》：火」

内側から徐々に赤くなっていき、どんどんと木材が燃えていく。

最近はリズと一緒に依頼へ向かうと、竈で昼ごはんを作るのが定番になった。ゲーム内でもやっていたし、木ブロックが燃えるのは見慣れた光景になる。

なお、予想以上に燃えているため、バケツに入れておいた川の水で消火する。非常用の飲み水のはずが、こんな使い方をすることになるとは。水を汲んでおいて本当によかったよ。

今のボヤ騒ぎで門兵さんに目を付けられていないことを願おう。

一見、こんな危ない状態になるなら、装備に付与できないと思われがちだが、これは素材の相性が悪すぎるだけだ。次に土ブロックを取り出して、同じように付与魔術を行う。

「付与魔術《エンチャント》：火」

今度は発火することもなく、土ブロックに火属性が定着……するはずなんだが。

「失敗しているな。最初は良かったけど、徐々に熱を持ち始めている」

このまま温度が上昇を続けたら、対処できなくなるかもしれない。すぐに魔力を散らして、付与魔術を解除する。

「現実とゲームでは違うんだな。まさか失敗することになるとは。こうなると、実装初期のやり方を試してみるしかないか」

通常『ユメセカイ』で付与魔術を行う場合、今まで俺が使っていた方法が主流になる。しかし、これは実装当時に公開されたやり方ではない。

ゲームに付与魔術が導入されたとき、魔力操作が難しすぎて、半分近くのプレイヤーができなかったんだ。そのため、付与魔術のやり方が改善されたわけなんだが……、異世界だと逆に問題が出るらしい。

早速、初期の付与魔術の方法を試すため、土ブロックを魔力で包み込む。その後、風船を膨らませるように中へ魔力を注いでいく。

この方法は、全体を覆った魔力と中に注ぐ魔力を同時にコントロールする必要があり、慣れていないと難しい。最初は俺もできなくて、何日も練習を重ねた記憶がある。

今となっては、これくらいの魔力操作は朝飯前だが。

「付与魔術《エンチャント》：火」

覆っていた魔力が土ブロックに馴染み、一体化するように魔力が溶け込んでいく。今度こそ付与魔術が成功したみたいだ。

こうなると、土ブロックが火耐性の付与効果を得られる。装備やアイテムの素材や材質で付与効果が変化するため、付与魔術は奥が深くて、面白い。

元々燃える物質ではないし、燃えにくい土ができたところで使い道はないけど。

「この感じだと、さっきのも付与魔術が失敗したわけではなさそうだな」

実際に二つの付与魔術を比較して思うのは、『火魔法を付与』していたのか、『火属性を付与』していたのか、の違いになると思う。

火魔法を付与した場合、火のエネルギーを付与するため、与える影響が大きくなる。燃えたり、熱を持ったり、場合によっては、爆発したりするだろう。

火属性を付与した場合は、火の性質だけが付与されるため、危険性は少ない。風に強くて水に弱いといった、火そのものではなくて、その性質を帯びた状態になるんだ。

「リスクが大きい反面、影響の大きい付与魔術……か。魔力量をうまく調整できれば、何とか利用できないかな。せっかくだし、ついでに実験してみよう」

新しい木ブロックを取り出して、最初と同じように魔力を浸透させていく。ただし、かなり薄く流し、効果を最小限に留める。

この作業は繊細な魔力コントロールが必要なので、意外に難しい。普通は付与効果を高めるために、できる限り多くの魔力を流して、安定させるから。

例えるなら、豆腐を箸でつかむようなイメージ。絶妙な力加減で集中力を持続させないと、失敗する原因になる。

でも、俺は『月詠の塔』で使った特殊な鉱石『発光石』を輝かせるため、弱い魔力で付与魔術を施した経験がある。久しぶりに繊細な魔力操作を行う影響で、いまは時間がかかっているが。

「装備には使えない娯楽要素だったけど、この世界で幅広く活用できるといいな」

神経を研ぎ澄ませて、針の穴に糸を通し続けるような気持ちで、魔力を弱く流し続けた。

魔力を集中して流しているときは身動きが取れないため、手が冷えやすくなる。基本的に魔力を探すときは、対象に直接触れる必要があるので、手袋を装着できないんだ。

寒がりのリズも手袋は付けないし、魔法を使うときはこんな気持ちなのかもしれない。簡単に魔法を形成しているように見えても、色々と苦労があるんだろう。

木ブロックに魔力を流し続け、魔力を薄く浸透させることに成功した後、ムラができていないか確認して、付与魔術を施す。

「付与魔術《エンチャント》：火」

今度は……燃えない。木材に火魔法を付与しても、燃えていない！

恐る恐る木ブロックに腰を下ろしてみると、お尻がゆっくりとポカポカとしてきた。座り心地は悪くても、木ブロックに触れると温かい。

うまくいったみたいだな。素材に対する効果が大きく変わるけど、どっちも同じ付与魔術であることは間違いない。

今後は『魔法を付与する付与魔法』と、従来の『属性を付与する付与魔術』と区別していこう。ややこしくなると思うけど、この恩恵は大きい。

例えば、この熱を持った木ブロックが『温熱ブロック』に変化したことで、使い道が広がる。

「これで家を作ったら、寒い時期は温かいだろうなー。床暖房ならぬ、家暖房だぜ」

床と壁から熱が生み出され、家を丸ごと温めるという、春のようにポカポカした温かい空間が生まれる。電気代はゼロであり、エアコンを使っているわけでもないため、加湿器も不要。積雪が観測される吹雪のような日であっても、屋根にも火魔法を付与しておけば、勝手に雪が溶けていくだろう。

冬季限定、ポカポカドリームハウスの誕生かよ。全人類に引きこもり属性が付与されるかもしれない、恐ろしい家が誕生するぞ。

「現実でやるとしたら、建築した家に付与するべきだな。夏は氷属性を付与し直せば、年中快適な生活を過ごすことができる。貴族の屋敷に付与魔法業務を売り込んだら、ぼろ儲けできるんじゃないか？」

高級な宿でさえ、広間に暖炉が一つ設置されているだけで、暖房器具が乏しい世界なんだ。自然の脅威を感じる機会が多いからこそ、需要と価値が高まるはず。

この世界の建物は土で建築されていることが多いし、失敗しても悲惨なことにならないと思うけど……、魔力量を間違えて火事を起こすわけにはいかない。特に貴族の屋敷を燃やしたら、大惨事になってしまう。

順番としては、貴族の家に付与する前に、自分の家を建てるべきだ。

どれくらい温かくなるか過ごしてみないとわからないし、せっかくリズと一緒に木材の採取に行ったんだから、早く家を建築したい。新米冒険者が街で土地を借りるなんて、かなり贅沢な夢を見ていると思うが。

もっと身近なアイテムに付与できたら……そう考えていると、ハッと気づいた。装備はともかくとして、肌着に火魔法を付与すれば、最強の寒さ対策になるのではないか、と。

「服に火魔法を付与したら、着るタイプのコタツじゃん。家暖房よりも低コストだし、服の方が魔力を流す面積が狭く、負担も少ない」

奇跡の全身暖房システム誕生かよ。ポカポカドリームハウスよりも現実的で、すぐに取り掛かれるぞ。

「よし、早速リズに教えてやろう。布が燃えないように注意する必要はあるけど、練習して温度を調整すればいい。木材よりも肌着の方が燃えやすいから、注意が必要……の前に、女性の肌着を気安く借りられるか？」

現実という大きな壁が立ちはだかっていることに、俺は気づいてしまった。このまま何も考えずに行動すれば、間違いなく変態扱いされるだろう。

下着を借りるわけではなくても、肌着を借りようとしたら、十分に変態だと思われる領域だ。逆にギリギリを攻めてきたとみなされ、嫌悪感が増大する可能性もある。

場合によっては、一生話してもらえなくなるかもしれない。

いくら冷え性で寒がりのリズでも、男に自分の肌着を渡すのは嫌だよな。そこまでして、全身暖房システムを取り入れたいかと聞かれれば、限りなくノーに近いだろう。護衛依頼でガタガタと震えたとしても、休憩中に利用できる膝掛けとクッションがあれば、体を温めることはできるから。

逆の立場だったとしたら、どうだろうか。急に「肌着を貸してくれたら温かくするぞ」なんて言われた日には、変なことをされそうな気がして、距離を置くと思う。少なくとも、今後のパーティ活動を見直すのは間違いない。護衛依頼で夜間も一緒に過ごすことになったら、眠れなくなりそうだし、襲われそうで怖い。

かと言って、マフラーや手袋は戦闘の邪魔になるだろうし、靴下は足のサイズがわからなくて、聞きにくい。装備は属性強化の付与が基本と言っていたから、やっぱり戦闘に支障が出るんだよな……。

「付与魔法ができるとしたら、膝掛けとクッションぐらいだな。どれくらいの火魔法まで布が耐えられるかわからないし、ゆっくり検討していくか。ここでリズに見捨てられたら、ドブ掃除依頼をやる運命になるし、それだけは避けないと」

太陽が傾き始める寒空の下で、インベントリから普通の布を取り出した俺は、付与魔法の練習を始める。

魔力が弱すぎたら温かくないし、強すぎたら発火してしまう。素材と魔法の相性が悪いだけに、程よい加減で定着させるのは、難しい。

何度も布を燃やすことにはなると思うが、リズの冒険者生活をしっかりサポートするためにも、付与魔法の実験を続けるのだった。

＊＊＊

付与魔法の練習を終えて街に戻る頃、周囲はスッカリ暗くなっていた。

門が閉まるギリギリに滑り込んだこともあって、門兵さんに冒険者カードをジッと見られたけど、気にしてはいけない。俺は何も悪いことはしていないんだ。

遠方にゴブリンを確認したときは、襲われないように街へ一時避難したし、付与魔法の練習で木ブロックを燃やして、ボヤ騒ぎを起こした程度になる。

……誰かに危険が及ぶような行為はしていなくても、迷惑な事件を起こしそうな要注意人物には認定されたと思う。怒らないでくれて、本当にありがとうございます。

ヘコヘコして門を潜り抜けた俺は、迷うことなく宿へ向かう。

さすがに二度も迷子になれば、道を覚える努力はする。またメルに出会って、道を教えてもらえるとは限らないんだから。

そんな偶然が三度も起こるわけが……、

「あっち」

ある。宿の場所を指で差してくれるメルと出会った。

猫の獣人ということもあって、夜行性なんだろうか。日が暮れてくると、異常に遭遇率が高い。

「今日は迷子じゃないんだ」

「……ッ‼」

そんなに驚かないでくれよ。迷子キャラが定着するのは、大人として恥ずかしい。

「………」

ズズーンと落ち込むのもやめてくれ。お礼がもらえないというオーラが滲み出ているぞ。

「こんな時間にメルはどこへ行くんだ？　確か、宿は一緒だったはずだが」

「武器の修理。ちょっと、欠けた」

腰にぶら下げていたショートソードを見せてくれると、刀身の一部が欠けている……というレベルではない。完全にヒビが入って、激しく損傷していた。

「ちょっと手に取ってもいいか？」

「……うん」

　メルから武器を受け取った俺は、剣に意識を集中して、情報を読み取るようにジッと見つめる。

　これは……見た目通りに耐久値が絶望的だな。付与魔術の痕跡が残っている程度で、まるで機能していない。使用してある素材まではわからないが、Bランク冒険者なだけあって、かなり良いものを使っていると思う。

「普段から剣の手入れをやっていなさそうだな。暗くてわかりにくいけど、けっこう汚れている感じがするぞ」

　後ろめたい気持ちがあるのか、メルはすぐに目線を逸らした。

　メルの代わりに、剣の手入れをやっていないと断言しよう。

「武器を修理するには厳しいと思うけど、一緒に鍛冶屋まで行ってもいいか？　鍛冶師がどう判断するのか、気になるんだ」

「……あっち」

　武器をメルに返すと、耳と尻尾がしゅーんと下がり、全身から悲しみが溢れていた。可愛らしくはあるものの、少し罪悪感を抱いてしまう。

　本職でもないのに、余計なことを言わない方が良かったかもしれないと反省しながら、メルの後をついていくことにした。

＊＊＊

鍛冶屋にたどり着いた俺は、戸惑いを隠せなかった。以前に鉄鉱石を分けてもらった、ヴァイスさんの店だったんだ。

武器を作ったら見せに来る約束をしていたが、まだ見せられるようなものはできていない。

どうしよう、このまま店に入っても怒られないかな。竈を見せたら、間違いなく怒られると思うけど。

そんな俺の気持ちを知らないメルは、ズカズカと店内に入っていく。

付き添いを言い出したのは俺だし、ヴァイスさんがどうやって修理するのか見てみたい。今から竈を取り出して、鉄の斧を作製してもいいけど、人の店でやる行為ではなかった。

次に来たときに持ってくる形で手を打ってくれないかなーと、心の中で葛藤している間に、事態は急展開を迎える。

またやりやがったのかーッ‼　と、ヴァイスさんの雷が落ちたんだ。非常に入りにくくなってしまったが、仕方ない。

意を決して足を踏み入れると、耳と尻尾がしゅーんとなったメルがいた。当然、ヴァイスさんは鬼のような形相をしている。

「あれほど壊れる前に持ってこいと……ん？　お前は確か、少し前に来ていたクラフターだな」

ヴァイスさんの雷が鳴り止んだせいか、ちょいちょいっとメルが手で催促してくる。

早くこっちに来て、怒られなくて済みそうだから、と。

絶対に怒られるだろうなーと思いつつ、俺はメルの隣まで足を運んだ。

「ミヤビです。メルの保護者みたいな感じで登場する羽目になっちゃいましたけどね」

……ペシッと、優しくメルのツッコミが入る。とても怒られて凹んでいた人とは思えない。

「お前ら知り合いだったのか。それで、武器はできたのか？」

「まだ見せられるほどの武器はできていないです。剣の修理が気になって、メルについてきただけなので」

パシパシパシッと、もっと誤魔化してほしいアピールをしてくるメルには悪いが、俺もあまり立場は良くないんだ。許してくれ。

「だろうな。こんなに早く持ってきたら、頭をどついてやるところだ。こんな風にな」

ヴァイスさんの拳がメルの頭に降り注ぐと、追加攻撃が発生する。ゴンッ！　からの、グリグリグリッ！　である。

心の底から即興で武器を作製しなくてよかったと思ったよ。危うくメルと一緒に怒られるところだった。

さっき『また』と言っていたから、何度か武器を壊して、こんなことをやられているんだろう。

それでもヴァイスさんのもとに持ってくるくらいだし、メルが信用しているのは間違いない。

「……痛い」

「馬鹿野郎！　今のはヒビの入ったこいつの分だ！　手入れしなかったお前が悪い」

　ヴァイスさんが熱血鍛冶師であることも間違いないし、メルが面倒くさがりなのも間違いない。

「それで、その剣は修理できるんですか？　かなり厳しそうに見えるんですけど」

「今は武器の修理作業が立て込んでて、こいつの剣に費やす時間はない……と言いたいが、ちょうどいいところに来たな」

　ニカッと不敵な笑みを浮かべるヴァイスさんを見て、俺は悟った。巻き込まれる、と。

「前回の石の斧を見る限り、相当クラフトスキルを使い込んでるだろ。それなら【素材合成】くらいはできるよな？」

　できないと言って逃げ出したいところだが、鉄鉱石を分けてもらったため、俺は首を縦に振ることしかできなかった。

　ヴァイスさんが提案してきたのは、『ユメセカイ』でもよくやっていたアイテムの修理作業『リペア』になるだろう。

　武器や防具を修理する際、素材に使ったアイテムを合成して、耐久値を回復させる方法があるんだ。少し前にリズがアイスニードルで討伐したウルフの皮も、同じ素材を合成することで穴を防ぎ、修理することが可能になる。

　耐久値を戻すならともかく、破損部位の修理となれば、かなり素材の消費量が激しくなるが。

「修理作業はできると思いますけど、ヴァイスさんがやった方がいいですよ。メルの剣、相当いい素材を使っていませんか？」

「気にするな。打ち直すならいいんだが、鍛冶師はリペアを苦手とする者が多い。むしろ、クラフターは得意分野だろ。だから、防壁の修理依頼はクラフターに任せっきりなんだ」

そういえば、リズが言っていたっけ。クラフターは器用貧乏で、家具や防壁を修理させる依頼を受ける人が多い、と。

「こいつはうちの店で一番武器を壊して帰ってくるが、金だけはある。ちょっと待ってろ、必要な素材を持ってくる」

修理依頼を俺に押し付けることで、スッカリ機嫌を良くしたヴァイスさんは、奥に向かって歩いていった。

この世界で初めて武器の修理を行う俺としては、非常に不安だ。失敗して壊れることはないだろうけど、いきなりランクの高い装備でやるのは、さすがにプレッシャーがかかる。

「ヴァイスさんにやってもらわなくていいのか？　このままだと、俺がやる羽目になるぞ」

「……お礼、何がいい？」

ダメだ。ヴァイスさんに逆らうという概念を持っていない。友達の友達はみんな友達、みたいなノリで信用されている。

「また迷子になったら、道案内を頼むよ」

「道、覚えた方がいいよ。ミヤビ」

「俺の名前を覚えてくれたんだな。メルの剣、頑張ってリペアするよ」

「大丈夫。クラフト上手だった」

「あ、ありがとう」

素直に褒められて照れ臭くなっていると、ヴァイスさんが二本の大きな牙を持ってきた。巨大な魔物の素材だと思われるほど、大きな牙を。

「ドラゴンの牙だ。こいつで素材合成を行い、リペアしてくれ」

予想以上に、すんんっごい荷が重い作業だな。頑張ると言った言葉を今すぐに取り消したい衝動に駆られるが……、もう遅いよな。

付き添いを言い出したのは俺だし、メルには迷子で世話になり、ヴァイスさんには鉄鉱石を分けてもらっている。逃げ場がない以上、気合いを入れてやるしかない。

覚悟を決めた俺は、ヴァイスさんからドラゴンの牙とメルの剣を受け取り、手元に集中する。

右手にはメルの剣を、左手にはドラゴンの牙を持ち、両方に魔力を流し込んでいく。

「お前がどれほどの腕前を持ったクラフターか、見せてもらおうか」

それを、腕を組んだヴァイスさんに見守られるという、地獄の家庭教師みたいなイベントが発生した。

めちゃくちゃやりにくいため、今すぐどこかへ行ってほしい。

「……頑張れ、ミヤビ」

反対側でジッと見守るメルに応援されるのは、普通に嬉しい。子供の運動会で頑張る父親みたいな気持ちで、胸が高鳴るよ。

そんなシチュエーションを経験したことはないけど。

剣と素材に魔力が行き渡ったところで、それらを優しく接触させると、共鳴して輝き始める。こういう反応が見られれば、武器と素材が互いにリンクしたことを表すため、失敗はしない。あとは刀身の損傷部位へ向かって、素材の魔力を流し込むだけ。うまく馴染ませることができれば、それだけ素材の消費量は減るんだが……。

「思っていた以上に、ドラゴンの牙は扱いが難しいですね。けっこう時間がかかりそうです」

異常なほど、難しい。少しでも気を抜けば、剣から魔力がこぼれ落ちてしまう。

「しゃべる余裕があるなら、十分だ。気合を見せろ。その素材だけでリペアできたら、残りのドラゴンの牙はお前にやるぞ」

「太っ腹ですね。ただ働きは嫌いなんで、もらって帰りますよ」

意地の悪い家庭教師に見えてきたヴァイスさんに強がってはみたものの、これは本当に厳しい。

本来なら、ドラゴンの牙から少しずつ魔力を流し込み、剣に練り込ませることで、損傷部位の修復が始まる。ゆっくり時間をかけてでも、丁寧に魔力をコントロールするのが鉄則だ。

それなのに、ドラゴンの牙から勝手に魔力が流れ込んでくる。魔力を止めようとしても、完全に止めきれない。その結果、剣全体に流れる魔力に干渉して、修理作業に支障が出るし、剣から魔力がこぼれ落ちていくばかり。

これは普通にやったら無理なやつだ。鍛冶師が苦手とか、クラフターが得意とか、そういう問題じゃない。大量の素材を消費しないと修理不可能な、最悪のリペア作業になる。

「頑張れ、ミヤビ！」

応援してくれるメルには悪いけど、素材の消費量を無視して、修理作業に専念した方がいいな。そうした方が、かえって安上がりになるはずだ。ドラゴンの素材を完璧に扱いきるのは、俺にはまだ早い。

ドラゴンの牙から流れ出る魔力を垂れ流しにして、修理作業が邪魔されないように、ヒビの入った損傷部位だけに集中する。どんどん剣から魔力がこぼれ落ちるが、気にしてはならない。

修理作業に干渉されないことだけを意識して、魔力をコントロールしよう。

「頑張れ！　頑張れ！」

熱心に応援してくれるメルの声を聞きながら。

＊＊＊

リペア作業が一時間経過する頃、ようやく作業が終了した。損傷していたとは思えないほど、メルの剣は回復している。

神経がすり減って、十キロくらい痩せたんじゃないかと思うくらいの疲労感に襲われているよ。額にも汗がグッショリだ。

「ヴァイスさん、チェックをお願いします」

メルの剣を手渡し、俺は額の汗をぬぐった。背伸びしたメルが、頭をポンポンとしてくれるから、頑張った方だと思う。

自分で言うのもなんだが、うまい具合に修理できたはず。ドラゴンの牙は、キッチリ二本消費してしまったが。

「今度うちの店に顔を出すとき、違うリペア作業も頼めるか？」

「勘弁してくださいよ。またドラゴン素材の修理を押し付ける気じゃないですか。こんなにキツイと知っていたら、意地でも断って逃げましたよ」

「だろうな。高度な素材を使用したリペア作業など、クラフターがやる仕事じゃない。ドラゴンを素材とした武器の修理依頼なんて、同業者でも諦めて、うちに持ち運んでくるくらいだぞ」

ニカッと笑うヴァイスさんを見て、俺は嵌められたと気づいた。

前回の石の斧を見たとき、妙な可能性を感じると言っていたし、こいつができたら面白そうだな、程度の好奇心でやらせたんだろう。鉄鉱石を分けてくれたときにも、武器が作れなかったら修理業務を手伝え、と言っていたから。

まだまだ異世界の事情がわからないとはいえ、こんなにも簡単に引っかかってしまうとは。悪事に関与したわけではないし、損をしたわけでもないが……悔しいな。

「金はいらないんで、貸しにしておきますね」

「ガハハハッ、言うじゃねえか。ちょっと待ってろ」

笑いながら工房の奥へ向かったヴァイスさんは、すぐに戻ってきた。両手にドラゴンの牙を二本持って。

「騙した詫びだ、持っていけ。ワシがさっきの剣を修理するのに使用する素材の量は、ドラゴンの牙を三つだ。その後、耐久値を回復させるために、もう一つ余分に使う」

手渡されたドラゴンの牙を見て、俺は頭を抱える。

本当にただの好奇心だったのか、俺なら二つでできると判断されていたのかわからない。ただ、良くも悪くも目を付けられたことだけは間違いないだろう。

どうりでリズに非常識だと言われるわけだよ。上位職であろう鍛冶師でも苦労する修理作業ができるなんて、考えてもいなかった。

ましてや、街で一番大きな鍛冶屋であり、ドラゴン素材の修理を行えるヴァイスさんは、それなりにスキルレベルが高いはず。それでもメルの剣の修理に苦戦するのなら、かなり難易度の高い修理だったと言える。

「こんな完璧な修理、いったいどこの生産職に頼めばやってくれるんだ？　たった二つで耐久値まで回復させるとは、ワシより遥かにうまいぞ」

「褒め言葉は素直に受け取っておきますが、次はもうやりませんよ。今回はいろんな意味で良い勉強になったと思っておきます」

「つれねえことを言うんじゃねえよ。せめて、ギルドのどこかでこいつを見かけたら、ワシの代わりに修理してやってくれ」

リペア作業の押し付け先を見つけたヴァイスさんは、スッカリ機嫌を良くしたまま、メルに剣を手渡す。すると、メルは嬉しそうな顔で受け取っていた。

まだ異世界の生産事情は詳しくわからないし、どこまでクラフトスキルで対応できるかわからない。でも、一人の生産職の人間として、高ランク素材を使った装備に携われるのは、嬉しい気持ちもあった。

付与魔法にしても、リペア作業にしても、ゲームの世界とは違う影響を及ぼしている。それは、クラフトスキルの可能性が広がり、未知のアイテムを作製できるということにも繋がるはずだ。

無邪気に喜ぶメルの笑顔を見て、修理の話を断れるはずもないし、頑張ってみるか。一緒の宿にいるうちは、声をかけて様子を見るとしよう。

「俺にできる範囲のリペア作業なら、何とか修理してみるよ。でも、本職の鍛冶師しかわからないこともある。ちゃんとヴァイスさんの店にも来るんだぞ」

「……ありがと、ミヤビ。また壊れたら、お願いする」

壊れる前に持っていけ、と言わんばかりに、もう一度メルの頭にヴァイスさんのグリグリ攻撃が炸裂した。

こんなにリペア作業が大変なら、ヴァイスさんがグリグリしたくなる気持ちもわかる。いや、俺なら代わりにモフモフする。

「うぅ……痛い」

「まったく。ちゃんとメンテナンスしねえと、いつかポッキリ折れちまうぞ」

「おっしゃる通りだと思いますけど、今回は俺が修理したんですし、許してあげてください」

後ろめたい気持ちがあるのか、すぐにヴァイスさんのグリグリ攻撃が止んだ。それと同時に、メルがサッと離れる。

「用は済んだ。ミヤビ、帰ろう。宿に案内する」

ケロッと表情を変えたメルに手を引っ張られたので、俺はヴァイスさんに軽くお辞儀で別れを済ませ、店を後にした。

何度もヴァイスさんに怒られていたのに、武器が直って喜ぶメルは、その機嫌を表すように尻尾がユラユラと揺れている。当然、手を引っ張られて歩く俺にペチペチと当たっていた。

異世界に来て二度目の尻尾ペチペチ攻撃は、リペア作業で疲れた体が癒されるため、心地がいい。修理のお礼はやっぱりモフモフがいいかもしれないな。

もっと宿が遠かったらいいのに、そう思いながら、俺はメルと一緒に帰っていった。

六章 ✕ 森の調査依頼（前編）

異世界生活が体に馴染み、宿の暮らしが日常化した俺は、今朝ものんびりと起床した。

寒さで飛び起きることもなく、眠い目を擦りながらゆっくりと動けるのは、本当にありがたい。宿を変えて生活の質が向上した影響は大きくて、大浴場のある生活が早くも手放せなくなっていた。

寒空の下で冒険者活動を行う身としては、毎日の楽しみといっても過言ではない。疲れきった体で入浴するというのは、どこの世界でも最高の癒しになる。

とはいえ、いくら大浴場があったとしても、日に日に冷え込みが強くなっている気候だけは心配してしまう。そのため、リズにアンジェルムの気候について聞いてみたら、「ここは雪国だよ。だから、本格的に寒くなる前に頑張ろうね。冬が本番になったとき、外に出たくないもん」と言われた。

この世界にも季節の概念があるんだなーと思った反面、宿の設備が暖炉と大浴場しかない世界で雪が降れば……、冷え性じゃなくても厳しい生活を余儀無くされる。

リズの言う通り、真冬で外の依頼を受けたくはない。引きこもるためにも、今のうちに稼いでおくべきだ。

そんなこんなで冒険者ギルドにやってくると、依頼掲示板の前に立ったリズが依頼の精査を始める。しかし、その渋い表情を見れば、稼げる依頼がないとわかってしまう。

　他の冒険者パーティも考えることは同じで、なかなか良い依頼に巡り会えないんだ。リズの表情がどんどんと曇っていき、依頼書を比較し続けた結果、報酬が少なくても手軽な依頼に目移りする。

　最近はこういう傾向が多かったので、思った以上に稼げていない。サポーターの俺と魔法使いのリズだけでこなせる依頼には、限度があるのが一番の原因だった。

　対処法として、行動範囲を広げれば受けられる依頼が増えるんだが、野営という壁が立ちはだかる。ウルフの気配に気づかれないような俺が見張りをできるわけもないため、パーティ人数を増やしたり、他のパーティと共同で依頼を受けたりしないと、さすがに厳しい。

　男女二人で野営するっていうのも……リズくらい若い女の子だったら、抵抗があるだろう。俺が変なことをするつもりはなくても、リズがどう思うかは別の問題になる。

　野営が必要な依頼に関しては、口を挟まない方がいい。でも、他の依頼を提案することくらいはできる。

「この依頼はどうだ？　森の調査依頼なんだが」

　俺が気になったのは、街から二時間離れた北東の森の調査依頼だ。湖の近辺に自生するラトル草の採取に向かった冒険者が二組も戻ってこなくて、依頼が滞っているらしい。現在は立ち入り禁止区分に指定され、依頼報酬は出来高と書かれていた。

「実は調査系の依頼って、受けたことがないんだよね。慎重にこなす必要があるし、一人だと調査範囲が広くて、何日も時間がかかるの。あと……責任が重い」

　最後にボソッと呟いた言葉が、リズの本音だろう。調査依頼の報告が間違っていれば、誰かが命の危険に晒されるかもしれないから。

「依頼に期限はないし、正確な調査をするために、時間をかけてゆっくりこなせばいい。今日も簡単な依頼で済ませるより、リズも冒険者として、新しい経験を積んだ方がいいだろう？」

「それはそうなんだけどさ……。この依頼、一週間前から貼ってあるんだよね。冒険者が二組も戻ってこないっていうのは、さすがに気味が悪くて」

　他の冒険者が避けるくらいだし、堅実なリズが避けるのも、当然のこと。でも、少人数で行動する俺たちは隠密行動が取りやすいし、リズの能力を活かすには、最適な依頼になる。

「リズは索敵能力に長けているし、危ないと思ったら撤退する判断力もある。少しずつ調査範囲を拡大すれば、命を脅かす事態には陥らないよ」

「もう……またそんなこと言って。褒めてくれるのは嬉しいけど、私の魔法攻撃は弱いって前にも言ったじゃん。想定外の魔物が出やすい調査依頼は、やっぱり危ないよ」

「依頼の目的は、あくまで森の調査であって、魔物と戦う必要はない。パーティで行く以上は、危険が近づいてくるとわかった時点で、安全な場所に隠れたらいいんだよ」

　そう言って俺は、ギルドの床を指で差した。

　最強の防衛力を誇り、地上の魔物が手を出しにくい場所、大地である。狭い場所でもいいなら、穴を掘って十秒で地下へ撤退可能だ。さすがにそれくらいできないと、俺も危険な依頼を薦めにくい。

「確かに、あのスピードで地面に離脱できたら、危険な魔物との戦闘は回避できるかも。落とし穴を塞ぐのも異常に早かったし、最悪、そのまま地下を通って街に帰還できる。パーティで受けるなら、意外にいいのかな」

　その場合、モグラパーティと呼ばれないか心配だが。

「危険な状況だと判断できた時点で、冒険者ギルドへ情報を持ち帰ろう。正確な調査依頼を続ければ、Ａランク冒険者の道も見えてくる。信頼できる人材と認識されれば、貴族の依頼も回ってくるかもしれないぞ」

　Ａランク冒険者になるために、国からの推薦を必要とする以上、まずは冒険者ギルドの信頼を勝ち取らなければならない。エレノアさんと良好な関係を築いているし、リズに足りないのは、大きな実績だけだと思う。

「ミヤビがそう言うなら、やってみる。苦戦するかもしれないけど」

「初めて挑戦するんだから、苦戦するのが普通だよ。できる限りのサポートは俺もやるし、無事に依頼を終えることを考えよう」

「うん、ありがとう。頼りにしてるね」

　可愛らしい笑みを浮かべるリズは、依頼書をベリッと剥がし、エレノアさんのもとへ向かう。

当然、パーティメンバーである俺も堂々と胸を張って一緒に歩いていく。

　どうしよう。俺……めっちゃサポーターっぽいことしてない？　ナイスフォローすぎて、自分でカッコイイと思っちゃったもん。別に全然やましいことは考えてないんだけどさ。素材採取のお礼に、リズがAランク冒険者を目指すお手伝いをするだけであって。

鉱山に素材採取へ向かう場合は野営が必要で、早めにポイントを上げないといけないとか、全然思ってないから。一ミリも思っていないよ。

鉄鉱石への思いが溢れそうになりながら、受付カウンターの列に並んでいると、すぐに俺たちの番がやってきたので、冒険者カードを手渡した。

「エレノアさん、今日はこの依頼を受けようと思います」

ビシッと背筋を伸ばしたリズが依頼書を提出すると、エレノアさんは眉をひそめる。

「調査依頼ですか。確かにリズちゃんは、魔法使いでもソロ活動されているので、隠密行動に向いているかもしれません。でも、ミヤビさんも同行されるんですよね？」

「はい、調査のサポートをしてきます」

「珍しいですね。討伐依頼や護衛依頼に同行される方は多いですが、調査依頼に同行されるサポーターさんは……、私は初めてです」

でしょうね。危険な場所に顔を突っ込む生産職なんて、ただの死にたがりですよ。

「調査の証拠になるものをインベントリで持ち運ぶだけでも、報告に信頼性が生まれます。素人の俺にはわかりませんが、道中に魔物が倒れていたら、それを解体屋さんに届けるだけでも、何か情報が手に入るかもしれません」

俺は危険な場所でも行きますけどね。リズと一緒なら、生きて帰ってこられる自信がありますので。

「なるほど。確かに魔物解体班が傷跡を見れば、森で起こっていることが推測できると思います。無理な調査をする必要もなくなりますし、迅速に持ち帰っていただければ、安全に依頼が終わる可能性が高まりますね」

「でも、あくまでサポートの領域ですよ。神経を研ぎ澄まして索敵するリズがいないと、安全に森の中を散策できません」

　真剣な顔でインベントリの有用性を考えるエレノアさんに、自然な形でリズを売り込んだつもりだったが……、どうやら気づかれたらしい。キョトンとした後、笑顔を向けられてしまった。

「ふふふ、ご心配しなくても大丈夫ですよ。危険地帯をサポーターが自由に行動するには、リズちゃんが安全を確保して、周りを注視する必要がありますから。まだパーティを組み始めて日は浅いですが、二人はうまくパーティ活動ができているみたいですね。このまま依頼処理をさせていただきます」

　笑みが止まないエレノアさんを前にして、リズが肘でつついてくる。

　なんか私が言わせたみたいじゃん、と言いたげな顔を見せてくるが、そう思っているのはリズくらいだろう。エレノアさんは小バカにしているわけではなく、順調にパーティ活動ができていることがわかって、安堵の笑みがこぼれているだけだ。

　今までずっと自分のカウンターに来てくれていたソロ冒険者の女の子が、ようやくパーティを組み始めたんだもんな。うまくやれているのか、ずっと気になっていたと思う。

依頼処理が終わると、エレノアさんから冒険者カードを受け取った。

「リズちゃんもミヤビさんも初めての調査依頼になります。十分に気を付けてくださいね。特にリズちゃんは負担が大きくなるはずです。くれぐれも無理をしないようにしてください」

「大丈夫です。時間をかけて進むと話し合いましたので。では、行ってきます」

「いってらっしゃい。ミヤビさんもお気をつけて」

「はい、ありがとうございます」

軽く頭を下げて見送ってくれるエレノアさんに背を向け、俺たちは受付カウンターを離れていく。

リズに大きな負担がかかる依頼とはいえ、できる限り楽ができるようにサポートしてやりたい。パーティで依頼を受ける以上は、サポーターとして、しっかり貢献しないとな。

気合いを入れて依頼に挑もうと決意していると、俺の意気込みが伝わったのか、横目で見てきたリズがクスッと笑った。

「ミヤビってさ、クラフトのことになると見た目通りに子供っぽくなるけど、普段は大人っぽいよね。頼りになるような世話が焼けるような、不思議な気持ちになるよ」

実際に中身は大人だから、子供っぽいと言われる方が心外だぞ。

「サポーターとして、当然のことをしただけだ」

「ふーん。もっと打算的に言ってくれてもいいのに。言いにくい場所へ素材採取に行きたいってさ」

リズにピンポイントで心を読まれてしまい、俺は動揺した。

依頼選びに貢献し、パーティの士気を高めることに成功して、今までで一番カッコイイと思っていたのに、まさか心が読まれるとは。いや、本当に己の欲望を優先していただけではないし、リズの夢を応援するためのものでもあったんだが。

「……なんでバレたの？」

「変にカッコつけるし、すぐ顔に出るんだもん。クラフトのことを考えてるとき、基本的に口元が緩んでるよ」

まったく自覚していなかった俺は、少し恥ずかしい気持ちになりながら、初めての調査依頼へと向かっていく。急いで口元を手で隠したのは、言うまでもないだろう。

＊＊＊

街の東門から二時間ほど歩いた北東の森で、俺たちは調査を開始した。

初めての調査依頼ということもあり、リズを先頭に恐る恐る足を踏み入れたはいいものの……何もない。油断してはいけない依頼とわかっているので、神経を研ぎ澄まして進み続ける。が、三時間経過する頃には、平和で静かな森としか思えなかった。

今のところ危険な要素は見つからず、鳥のさえずりが聞こえてくるほど、穏やかな印象を受ける。時折、ガサガサと草木を揺らす音がしても、小さなウルフが逃げていく程度で、リズが戦闘する機会も少なかった。

　上を見上げれば、太陽の光が葉で遮られているため、肌寒い。慎重に動かなければならないので、体温が上がりにくく、自然の脅威の方が気になってしまう。

　俺でも寒いと感じるくらいだし、冷え性のリズはもっとキツイだろうな。今は森に住む魔物の痕跡を探そうと集中して気づいていないと思うが、体調を壊さないようにペース配分を考えるべきだ。

　腰を落として小さな木を確認するリズは、真剣な表情で何か痕跡が残っていないか確認をする。しかし、何も見つからなかったみたいで、期待外れのため息を吐くと、ゆっくりと周囲を見渡していた。

「調査依頼って、難しいね。おかしいを前提に調べてると、普通のことでも違和感を覚えちゃうの。木の成長が不自然に思えたり、緑の量が少なく見えたり、葉の揺れる音が不気味に聞こえたりする」

「気持ちがわからないでもないよ。平和な森に思えるけど、平和すぎて落ち着かない気もする。素材採取へ行った森より魔物が大人しいだけかもしれないし、一概におかしいとは言えないよな」

　リズと一緒に素材採取に行ったときは、何度もウルフに襲われ、討伐してもらっていた。あのときと比べると違和感を覚えるけど、他の場所と比較したところで、この森の現状が理解できるわけでもない。

　元々ここは穏やかな森かもしれないし、一概に平和な森が異常だとは言えないんだよな。危険性を感じるものが何もない以上、杞憂《きゆう》だったとも言える。

「同感かな。森に棲む魔物が少ない気はしてるの。もう少しウルフが群れててもいいのかなーって。今のところ、はぐれウルフと幼いウルフしか見てないんだもん」

「立ち入り禁止になったことを考慮すれば、魔物の数が増えている方が自然だよな。冒険者が討伐に来ないと、繁殖しやすくなると思うんだ」

「最近ついた傷痕も少ないし、魔物の数は減ってると思うんだよね。ウルフが隠れられそうな小さな木にも体毛が引っ掛かってなくて、活動した形跡がないんだー」

「ウルフが減少傾向にある森、か。これだけだと、調査依頼にしては情報が乏しい」

「魔物が少ない場所を歩いてるだけかもしれないからね。調査依頼が出てなければ、深く考えるようなことでもないし、私だったら普通に進んじゃうかな」

　木がバキバキと折れていたり、無残な姿で魔物がやられていたりしたら、誰でも危険だと判断すると思うけど、この森は違う。リズの言う通り、普通に進むのが当たり前に思えるほど、安全な森に見える。

　でも、戻ってこない冒険者がいるなら、油断するわけにはいかない。

「とりあえず、奥へ進むのは後回しにして、慎重に調査した方がよさそうだな。先に森の外側をグルッと一周まわって、異変が見当たらないか探そうか。それだけでも何日かかかるだろうし、調査にも慣れてくると思うんだ」

「うーん、初めての調査依頼だし、そうしようかな。今のままだと、どういった危険があるのかわからないもん。一応、この辺りの木を一本採取してもらってもいい？　森の環境が変化したか気になるの」

　森に異変はなさそうだが、森全体が侵されているパターンもあるか。何らかの影響で毒が発生して、木の内側が腐っているような状態なら、森に生息する魔物が減少するのも納得がいく。

「大きめの音が出るけど、大丈夫か？」

「平気だよ。風魔法を応用すると、遠くの音まで確認できるの。集中しないとうまくいかないから、あまりやらないんだけどね。今のところは音を出しても危険を伴うことはない……というより、近くに魔物がいないかな」

　困惑するリズに確認が取れると、俺は森の木を採取する。

　念のため、いつでも穴を掘って離脱できるように、スコップを地面に置いておいたが、出番はなかった。採取が終わっても、平和な森のままだ。

「切り株を見る限りは大丈夫そうだね。いったん森の外に出て休憩しよっか。ずっと集中してるのは、さすがに疲れちゃって」

「まだまだ初日なんだ。ゆっくりやっていこうぜ。予想以上に地道な作業になりそうで、息が詰まる気持ちもわかる。原因になりそうな痕跡が、もっと早く見つかると思っていたよ」

「弱音を吐くのはまだ早いよ。ミヤビが言い出した依頼なんだし、ちゃんと最後まで付き合ってよね。私も初めてで、うまく要領がつかめないんだから」

ムッとした表情をするリズを見れば、誤解を与えてしまったのは間違いない。森の変化を見つけられないリズが悪い、そう受け取られてしまったんだろう。

「ごめん、言い方が悪かったな。調査依頼を侮っていただけで、リズを悪く言いたいわけじゃないよ。今日の昼はジンギスカンにするから、それで許してくれ」

「……許す」

機嫌を取るの簡単だな、と思いつつ、俺たちは森の外へ向かうのだった。

＊＊＊

森から離れた平原で休憩セットを取り出すと、予定通りジンギスカンを食べた。

思っていた以上にリズは疲弊《ひへい》したのか、今日はいつも以上に食事中の警戒が緩く、ボーッとしていた気がする。

初めての調査依頼で緊張していたんだろう。常に風魔法で音の確認をしてくれるのはありがたいけど、消費魔力が大きいはず。今後は手を抜くことも覚えないと、半日も持ちそうにない。

リズが冒険者としてレベルアップするには、ちょうど良い課題になるだろう。

そんなリズが食後の温かい茶でクールダウンをするなか、俺は机の上に紙と鉛筆を取り出し、手を動かす。

魔物の骨を『にかわ』に変換して、木材と一緒にクラフトすると、紙が作れるんだ。同じく、竈で木材を『木炭』に変換したものを、木材と一緒にクラフトして鉛筆が作れるため、筆記用具くらいは簡単に用意できる。

ちなみに、花から染色剤も取れるため、色鉛筆も用意しておいた。

「さっきから何を書いてるの？」

眠そうな表情を浮かべるリズは、目をシバシバとさせて、俺の手元を眺めている。

今まで依頼終わりでもこういう姿を見たことがないし、ちょっと心配だな。眠くなる要素が多い分、仕方ないとは思うが。

昼ごはんを食べたばかりで、森と違って太陽光に照らされると、ポカポカして温かい。机の下は影になるけど、膝掛けもある。温かい茶で眠気を覚まそうとしているのか、体の内側から温まって眠気が増しているのか、もうわからない状態だ。

「俺も痕跡がないか探しているけど、周囲の警戒をリズに任せている以上、暇な時間は多い。その分、森全体の地形を把握して、データをまとめておいた方が楽になると思ってな。魔物が付けた傷痕が多い場所は、戦闘があったのか、狩り場所だったのか、住み処が近かったのか。このまま書き続けていけば、推測くらいはできると思うんだ」

幸いなことに、俺はこういう細かい作業が得意で、クラフトで作る建築物も自分で設計図を描いていた。パソコンがなくて不便だけど、リズの負担を少しでも減らせるなら、これくらいはやるべきだろう。

「サポーターらしくていいかも。絵も上手でわかりやすいし、文字だけじゃなくて見やすいもん。

調査するルートの参考にもなりそうだし、助かると思う」

「……だろ？」

素直に褒められた俺は、不意を突かれてしまい、照れ臭くなっていた。

今まで建築作業で使う設計図を誰にも見せたことがなく、完成した建築物を見てもらい、評価されるばかり。クラフト中の見えない苦労や下準備の工程を褒められると、自分の努力を認められている気がして、妙に嬉しくなってしまう。

眠くて無防備なリズがお世辞で言っているとは思えないところが、また一段と嬉しさを助長させていた。

眠気が吹き飛んでニヤニヤするリズを見れば、それが自分の顔に出ていることくらい、容易に想像がつく。

「照れなくてもいいのにー。短いコメントが書けるようになってて、後から見てもわかりやすいね。あっ、そこは顔の色と一緒で、赤色がいいんじゃないかなー」

言うようになったな、リズ。最近は俺が褒めちぎっていたからって、こういうときに攻めてこないでくれ。対処の仕方がわからないぞ。

「魔物が通った道を赤にしようと思っている……かな。調査のポイントになりそうだし」

「確かに、冒険者が帰ってこないことを考えると、魔物の行動は大事だよね。詳しく書き込みすぎちゃうと、かえって混乱するかもしれないけど。他のエリアも調査していったら、まとめる内容も多くなるし」

「また後で全体図を書き直して、対処しようと思うんだ。他のエリアと照らし合わせれば、考え方も変わってくるかもしれない。ひとまず、ここにはわかったことを記入していくよ」

両手で頬杖をついて見つめてくるリズは、やっぱりまだ眠いのか、目が少しトロッとしていた。その表情が大人っぽく見えてしまい、何とも言えない気持ちが芽生えてくる。

「ふーん、ミヤビくんは頑張り屋さんだね。サポーターのお仕事が向いてると思うよ」

でも、褒め方が子供向けなんだよなー。肉体年齢的にはリズの方が年上だし、こういう感じが自然なのかもしれないが……絶対にからかっているだろう。中身は良い大人なんだし、勘弁してくれよ。

「も、もう休憩はいいか。森の調査を再開しないと」

「私はどっちでもいいよって言いたいところなんだけど、今日はもう切り上げた方がいいかな。慣れないことが続いて、思っている以上に魔力も体力も減っちゃってるの。徐々に体を慣らしていかないと、危ない気がするんだー」

冷静なリズが撤退の判断を下したとき、俺は反撃ののろしを上げる！　チャンス到来と言わんばかりに、顔を近づけていく……！

「そうやって自己分析がしっかりできると、危険が少なくなるよな。無謀な行動をする高ランク冒険者はいないと思うし、やっぱりリズは冒険者の素質があるよ。調査依頼も無事に終わりそうで、エレノアさんにも良い報告ができると思うぞ」

褒め言葉がカウンターでやってくると思わなかったリズは、赤鉛筆のように顔を赤くした。

互いに恥ずかしい思いを気持ちに抱えたいま、なんとなく後に引けない雰囲気が到来する。リズが立ち上がった瞬間、俺も迎え撃つように立ち上がった。

「調査依頼の報告に有用な書類を作るミヤビの方がセンスあるよ！」

「いやー、風魔法で遠くの音を確認するリズには負けるぞ！　戦闘にも探索にも幅広く使えて、ずっと安全だもんなー」

「あー、それ言うんだ！　こんなに快適な冒険者生活を送らせてもらってる身としては、しっかり休憩ができるおかげだと思いますけどね！」

「いえいえ、とんでもございません！　気遣い上手のリズが素材採取を付き合ってくれたおかげですよ！　ありがたくクラフトさせてもらっている結果ですので！」

「……どういたしましてー‼」

照れ隠しから始まった互いの褒め合いは、余計に恥ずかしくなるという悲惨な展開を迎えていた。

視界には顔を真っ赤にしたリズが映り、必死に口元を力ませているが、あまり効果は見られない。ピクピクと何度も口角が持ち上がり、恥ずかしさを隠せないでいる。

当然、俺も顔が熱いため、似たような状況だろう。素直に褒められたことが嬉しくて、つい意地を張ってしまった。

「なあ、リズ。やっぱり、今日は帰ろうか」

「う、うん。それがいいと思う」

特に焦る必要もないけど、急いで身支度を整えて、俺たちはその場を後にした。

悪い意味で言い合い、パーティの雰囲気が崩れるケースはあるだろう。でも、互いに褒め合ってぎこちなくなるなんて、なかなか珍しいパーティだと思う。

サポーターの仕事が大切な役割を担うとはいっても、基本的には雑用がメインだ。必ずしも戦力になるわけではないし、ソロ冒険者のリズに護衛してもらわなければならない。

そういった意味では、立場的に俺の方が弱いはずなんだが、リズは同等に見てくれる。一人でも冒険者活動を続けられるリズが、パーティに必要なメンバーとして受け入れてくれているのは、素直にありがたい。

「クラフト料理、おいしいよ」

「氷魔法、強いと思うぞ」

変なスイッチが入ってしまった俺たちは、街へ向かう道中でも互いに褒め合うのだった。パーティメンバーに褒められるのは悪くないと思いながら。

七章 × 森の調査依頼（後編）

パーティの絆を確かめ合った俺たちは、冒険者が行方不明になった森の調査依頼を続行した。毎日二時間かけて街から通い、森の入り口や外周付近の調査を終え、危険はないと判断している。

しかし、明らかに魔物の生息数が減少していたため、何か問題が起きているのは間違いない。危険な魔物が生まれたのか、自然災害が発生したのか、他国の策略によるものなのか……。何も証拠が見つからない以上、森の奥地へ足を踏み入れるしか選択肢はなかった。

調査範囲を広げれば、有用な手掛かりが得られるだろうが、危険を伴う可能性は高い。本格的な調査を実行するのは、今からだとも言い換えられる。

それでも、森で慎重に調査した経験は大きかった。

俺もリズも調査の要領がつかめてきて、森での不要な会話は激減。音が鳴りそうな枯れ葉を避けて進むようになり、リズのハンドサインだけで意思疎通ができている。何より、リズが武器を構えると、俺は反射的にスコップで穴を掘る体勢を取るようになった。

地震が起きたとき、反射的に机の下に隠れようとする心理に近い。平和な森に緊張感を持つことで、非常時には穴を掘って迅速に避難ができるんだ。

生き延びるためには、これくらいでちょうどいい。この森は立ち入り禁止区域に指定され、誰にも見られることはないので、ダサいポーズだということは気にしないでおく。

そんなこんなで調査開始から五日が経過する頃、昼ごはんを早めに済ませた俺たちは、ゆっくりと森の奥地へ足を踏み入れた。

リズが風魔法で音を確認して周囲を警戒するため、俺は視線を落として情報収集に励む。

今回の調査依頼を得て、ウルフの足跡や獣道、体毛が引っ掛かりやすい場所などは把握済みだ。素人だったとしても、何日も同じ森ばかり調査していれば、だいたいの傾向はつかめてくる。

まだそれほど奥地には来ていないが、やっぱり魔物の足跡が少ないな。縄張り争いがあったにしても、倒れた魔物すら見当たらないなんて。

危険に近づいているのか、そうでないかもわからないでいると、前を歩いていたリズが左手を上げて立ち止まり、周囲の音を確認し始めた。風魔法を使うとはいえ、正確な音を聞き分けてもらうために、俺はジッと待ち続ける。

「この先はもう少し慎重に行くよ。行方不明の冒険者たちが依頼を受けた、ラトル草の自生地帯の湖があるの」

「わかった。何か異常がありそうな場所を見つけたら、指で差してくれ」

頷いたリズと一緒に警戒しながら歩き進めていくと、すぐに大きな湖が見えてきた。森の木に身を潜めたまま、俺とリズは湖の様子を確認する。

湖畔には木々が存在せず、少し開けた場所になっているため、見晴らしがいい。背が低くて青い花を咲かせているのが、ラトル草になるのかな。あちこちに自生しているし、この森では珍しくないんだろう。

木々から出て調査するのは勇気がいるな、と思っていると、リズがちょいちょいと遠くの地面を指で差した。そこには、黒っぽい何かがある。

「焚火の跡っぽくない？」

「遠くてわかりにくいが、俺もそう思う。ラトル草の採取をする前に、のんびり休憩したのかもしれない」

「調査依頼が掲示された時期と、丸一日雨が降った時期は重なると思うの。ウルフみたいな四つ足の魔物は、地面がぬかるんでても関係ないし、苦戦を強いられたのかな」

「装備を解除しなくても、軽く湖の水で汚れを落として、体を温めるくらいはやりそうだ。焚火の後始末をしていないとなると……、この辺が怪しいポイントか」

　一気に緊張感は増すが、周囲に変化は見られない。リズが警戒を強めて遠方を確認するように睨みつけても、何も見つからないのか、キョロキョロしてばかり。

　焚火と見られる痕跡に近づいて、何か異変がないかチェックしたいけど、まだ様子を見ておくべきだ。戦闘できる人がリズしかいない限り、見晴らしの良い場所に行くのは、リスクが高すぎる。

「先に進んだ方が早いと思うけど、ちょっと張り込んでみよっか。冒険者が油断していたにしては、焚火の放置が気になるの」

「賛成だ。森が火事になる可能性を考えられないほど、何か取り乱す出来事が起こって、この場を去った気がする。帰ってこなかったとなると、森の奥へ一時的に避難したんだろう」

うんっと頷いたリズと意見が同調すると、俺たちはそのまま木で身を隠す。慎重に地面を改良して、長時間座っても大丈夫なようにクッションを敷き、警戒することにした。

＊＊＊

太陽が沈み始めた夕暮れどきになると、湖畔がオレンジ色の光を反射して、森の木々を揺らすように風がサーッと吹き荒れていた。キラキラと輝く水面が揺れ、少し不気味な森に見え始めていると、リズが遠方を睨みつけて、人差し指を口元に近づける。

絶対に音を出してはいけない、と。

ゴクリッと喉を鳴らし、息を潜めて遠方を見守っていると、二メートルはありそうな黒い魔物が二体も現れた。詳しくはわからないが、一体は両手にウルフを担いでいるため、狩りをしていた可能性が高い。

どうやら森の奥地に住む魔物が、今回の騒動の原因みたいだ。今まで見てきた魔物とは雰囲気が違い、遠くからでも危険な印象を受ける。

気づかれないように監視を続けていると、魔物に目を向けたまま、リズが俺に顔を近づけてくる。

「原因は、オークっぽいね」

「オークは豚の魔物だよな。遠くてわかりにくいが、鬼みたいに体格がいいし、オーガじゃないのか？」

「突然変異でブラックオークが生まれると、体格が良くなって、闇魔法を使うようになるの。オーガだと森を破壊する傾向にあるけど、ブラックオークは不用意に森を傷つけないはずだよ」

「……木々で身を隠して、奇襲するためにか？」

ゆっくりと頷いたリズは、決して魔物から目を離そうとしない。その真剣な表情は、今回の騒動の黒幕を確信しているようにしか見えなかった。

豪快に暴れまわるオーガと違って、ブラックオークが奇襲攻撃を得意とするなら、焚火の痕跡が残っていたことにも納得がいく。冒険者が後始末をせずに逃げたのも、気づいたときには接近されていて……という感じだろう。

「担いでいるウルフは、仲間のところへ持ち運ぶみたいだな。どうりでウルフの数が減ってる割には、骨の一つも見当たらないわけだよ」

「同感かな。今日まで群れで出てきたウルフはいなかったもんね。ブラックオークが相手だと、ウルフは衰退傾向になるのも普通だと思う。通常のオークだとＤランクだけど、ブラックオークはＣランクの魔物に分類されるもん」

「グラウンドシープと同じＣランクで、闇魔法を使う魔物か。あと何体いるかわからないし、気が重いな」

リズとコソコソ話していると、湖の周囲を目視で確認したブラックオークは、異常がないと思ったのか、森の奥へと帰っていく。その姿を見たリズは、安堵するように強張っていた肩の力を抜き、長いため息を吐いた。

　風が吹き荒れる中で風魔法を使い、遠くの音を聞いていれば、雑音が強くて集中しにくいだろう。音を立ててはいけないという緊張感もあったし、神経を研ぎ澄ませていたに違いない。

「証拠の品はないが、これからどうする？　このまま冒険者ギルドに報告して、調査依頼を終えても問題はないと思うぞ。魔物の後を追って、住み処や数を把握するのもいいとは思うが」

「いったん帰ってギルドへ報告……が一番安全だと思うけど、気づかれてないみたいだし、尾行しよっか。夜までに街へ戻れそうにないから、今日は地下で一泊になっちゃうけど」

「俺は構わないけど、リズは大丈夫か？　その……同じ空間で一夜を過ごすのは、抵抗ないのかなって」

　もちろん、変なことをするつもりはない。ただ、確認くらいはしておいた方が無難だし、無理に調査を続ける必要もない。魔物の尾行なんて、かなり神経を使う行為になるはず。

　しかし、そんな俺の心配が伝わることもなく、リズは尾行を始めるように動き始めた。

「別に大丈夫かな。ミヤビってさ、何かお父さんみたいなんだよね。必要以上に褒めてくれたり、ごはんを作ってくれたり、冷え性を気遣ってくれたり。年齢詐称《さしょう》してるんじゃないかって思うときがあるよ。私より年下なのに、落ち着きがあるんだもん」

　実際に詐称しているし、こっちもリズが娘みたいに見えるときが多いぞ。しっかりしている割には抜けているところがあって、無防備な姿を見せられると心配になるんだよな。

　……ちょっと待ってくれ。俺のことを父親っぽいと思っているから、気を許してくれていたのか？　そんな理由で心の距離を詰められても、逆に心配が加速するだけだぞ。冒険者は男が多いのに、それで大丈夫かよ。

　あっ、こういうところが父親っぽいのか。まさか自分が父性を持っているとは思わなかった。

「客観的に聞くと、やっていることは母親っぽいけどな」

「ごめんね。私、産まれてすぐにお母さんが亡くなったから、お父さんしか知らないの」

「そうか。なんか、悪かったな。それなら、父親ポジションでいいよ」

「じゃあ、ブラックオークに置いて行かれないように後を付けるよ、お父さん」

「呼び名はミヤビでお願いします」

　緊張感のない会話が終わると、俺たちはブラックオークの尾行を開始するのだった。

＊＊＊

　足元の枯れ葉や草むらに気を付け、ブラックオークの尾行を続けていると、周囲は暗闇に包まれていた。

　夜の厳しい冷え込みで集中力を奪われるが、同業者の命が失われている以上、絶対に油断はできない。少しでも気を抜けば、命取りになってしまう。

　中途半端な結果になったとしても、気づかれるような失態を犯すくらいなら、途中で引き返した方がいい。リズもそれくらいのことはわかっているだろう。

Cランク冒険者であるリズに判断を任せようとは思うが、かなり勇気のある行動だよな。魔物の尾行なんて、精神的にも負担が大きいし、深く踏み込むのは躊躇するはずだ。

サポーターの俺が足を引っ張るわけにはいかないため、慎重に進むリズの後ろをついていくが、それだけでも息が詰まる思いだった。

気づかれないように距離を取っていることもあり、俺にはもうブラックオークの姿が見えていない。森の木々で月明かりが閉ざされ、表皮が黒いブラックオークは闇夜に溶け込み、僅かに足音が聞こえる程度になる。

そのため、風魔法で足音を確認してくれるリズを頼りに、尾行するしか方法はなかった。

暗がりで見えにくいのは、俺たちにも有利に働くとはいえ、夜の森はさすがに怖い。他の魔物はブラックオークにやられているだろうし、不自然な物音を立てない限り、命の危険に晒されることはないだろう。

のんびりクラフト作りを楽しみたい俺にとっては、手に持つ戦線離脱用のスコップだけが不安な心を落ち着けてくれている。これほどスコップが愛しいと思ったのは、生まれて初めての経験だった。

リズも同じような気持ちなのか、途中で何度か振り返り、スコップを確認する。いつでも掘れるような準備だけはしておいてね、と言わんばかりに目線を合わせて、大きく頷きあう。

パーティの生命線がスコップというのは、何とも不思議な気持ちになる。予めスコップが壊れないように新品を作っておいて、本当によかったよ。

今まで調査した森の構図を思い出し、そろそろ最深部に到達するのではないかと思っていると、木々の隙間から僅かに差し込んでいた月の光が、パーッと明るく拡散される場所が見えてきた。

森の木々をなぎ倒して広場が作られた、ブラックオークの集落だ。

尾行した仲間をブヒブヒと迎えるブラックオークたちの近くには、大量の骨が転がっているし、目を光らせて警備するモノもいる。数は全部で……十一体かな。

この光景を見れば、異変の正体と決定しても問題はないだろう。ブラックオークの出現によって、生態系が大きく崩れた森になっていたんだ。

調査依頼としては、十分な成果を上げられたな。もう少し観察したい気持ちはあるけど、深追いをしすぎている気がするし、早めに撤退しよう。

無事にブラックオークの住み処が確認できたことに安堵して、互いに顔を合わせると、リズが地面を指で差した。無駄な言葉を交わすこともなく、俺は細心の注意を払い、穴を掘り始める。

できるだけ音を立てないように、サクッ……サクッ……と。

声を出しても気づかれない場所まで一気に掘り進めたいけど、身の安全が第一だ。ここで気づかれたら、シャレにならない。

人が入れるくらいの穴を掘り終えると、リズにゆっくりと下りてきてもらう。無事に隠れられるようになったところで、天井を土ブロックで塞いでいった。

これで無事に地上から身を隠すことはできたし、余程のことがない限りは気づかれないだろう。囁き声で話す程度なら、問題はなさそうだ。

「真っ暗だけど、ちょっと我慢してくれ。先に土ブロックを偽造して、地面っぽくしているから」

「わかってる。何も見えないけど、動くときに転ばないでね」

「心配しなくても大丈夫だ。これが終わったら明かりを付ける。普通に話せるくらい深い場所へ行くまで、しばらくはこんな感じで進もう」

「はーい」

まだ油断できないとはいえ、地面の下に隠れられたことは大きい。他にも偵察や狩りに行っているブラックオークが存在した場合、挟み撃ちになる可能性もあって、ずっと緊迫感が続いていたから。

大きなため息が漏れるリズも、同じような気持ちだと思う。

朝から風魔法を使って森の調査を行い、サポーターという護衛対象がいるなか、先導してブラックオークの尾行をしてくれた。リズはまだ十六歳と若いし、大きなプレッシャーだっただろう。

俺も早く地下空間を作って、ゆっくりと心身を休めたい……が、サポーターの仕事はここからだ。体力的には問題ないし、グッと集中し直して、安全な場所まで離脱しよう。

気持ちを切り替えるために深呼吸をした後、足元にブロックを設置し、魔力を弱く流していく。

暗闇で穴を掘れば、足を踏み外して怪我をする恐れがある。明かりを確保しないことには、話にならない。

「付与魔法《エンチャント》：光」

弱めに張り巡らせた魔力が応えるように弱い光を放つと、周囲がぼんやりと見えるようになった。光魔法を付与した『光源ブロック』になる。

光があるだけでも少しは安心するが……、そういう問題でもないか。目に映ったリズが、両手で武器をギュッと握りしめ、不安そうな表情をしている。

「心配するな。すぐに安全な場所まで連れていく」

「……うん」

暗くて心細いのか、俺の軽装備の端をチョンッとつまんだリズを連れて、ゆっくりとスコップで掘り進めていく。

僅かな明かりを頼りにゆっくりと地下へ向かい、採取した土をブロックに変換して、階段を作る。途中で違うブロックにも光魔法を付与して、転ばないようにも注意した。

そのまま順調に進んでいき、地下十メートルくらいの位置までやってくれば、さすがに安全圏と言えるだろう。下に掘ることをやめて、今度は横に掘っていく。

あまり音も気にせず、休憩スペースを作るためにザクザクッと掘り進めるが……。

「リズ、もうそろそろ手を離してもらってもいいか？」

軽くでも軽装備を引っ張られると、どうしても作業に支障が出てしまう。広い空間を作るのに、リズが近くにいるとなれば、スコップが動かしにくいんだ。

自然とリズが手を離すまで、言わない方がいいとは思ったが、こればかりは仕方ない。

「暗くて転ばないようにしてただけだもん」

無意識につまんでいたのか、心細くて意図的につまんでいたのかわからないけど、リズは恥ずかしそうに手を離した。恥ずかしそうにそっぽを向いているから、いつもの調子に戻ったと思う。

あとは、早く快適な地下空間を作るだけだな。家や屋敷ではないにしても、異世界に来て初めて部屋を作るわけだし、張り切って作るとするか。

背負っていた重荷が取れ、水を得た魚のように動き始める俺は、爆速でザクザクザクッ！　と掘り進める。

クラフトスキルを楽しむメイン要素が建築であり、一泊だけでも自分で作った部屋に住めるんだ。ここが地下といっても、どんな場所でも快適な空間に変えることが、クラフターの楽しみでもある。

良い素材を使って良い物ができるのは、当たり前。努力と工夫で雰囲気を変え、驚くほど変貌させられるからこそ、クラフトは面白いんだ。それで誰かが喜んでくれるなら、なおさらのこと。

やる気に満ちた俺は、高さ二メートル、二十畳程度のスペースを確保すると、次々に木ブロックを敷き詰めていく。

隣り合うブロック同士は結合する性質を持っているため、繋ぎ目が塞がることで、見栄えがいい。順番に床・壁・天井と埋めるだけでも、雰囲気は一転して、一体感のある空間が誕生した。

最後に天井の中心に木ブロックを設置し、【ハンドクラフト】で加工した後、仕上げを行う。

「付与魔法《エンチャント》：光」

ぼわぁ～んと温かい光で部屋が照らされ、あっという間に部屋が完成した。いつも使っている机と椅子、膝掛けを取り出せば、くつろげるようにはなるだろう。

「短時間で部屋ができちゃったねー」

落ち着いた物腰で部屋を見渡すリズは、いつも使っている休憩セットに馴染んできた影響か、驚きが小さかった。

ふと見上げれば、光源ブロックが間接照明のように周囲を照らしていて、普通は驚くと思うんだが。

この世界では、夜になるとランタンや松明で明かりを灯している。だから、付与魔法で光を灯す『光源ブロック』を作り出したのは、画期的だと思うんだ。

少し前まで穴を掘っただけで大騒ぎをしていたのに、リズも変わっちまったな。薪に火を付けるときに付与魔法を使っていたくらいで、今までほとんど見せてこなかったのにさ。ちょっと寂しいぞ。

「リズは随分と順応してきたよな。木ブロックが光るなんて、衝撃的だと思うぞ。よく見ろよ、木目で光り方が変わるし、趣のある雰囲気が出るんだぜ」

「光るブロックは初めて見るけど、驚くほどの要素じゃないんだよね。今でも特大容量のインベントリの方が驚くし、地下に部屋を作っちゃう方が驚くんだもん」

気合いを入れて作っただけに、リズのリアクションが物足らないが……、寒くてそれどころじゃないのかもしれない。体を動かしている間は良くても、地下の空気が妙に冷たく感じる。

「俺はもう少しやりたいことがあるし、先に休んでいてくれ。さすがに尾行は疲れただろう？」

「お言葉に甘えようかな。疲労感もあるんだけど、地下がこんなに寒いと思ってなくて。風が当たらないから問題ないと思ってたのに」

　昼休憩と同じように椅子に座ったリズは、膝掛けで暖を取る。しかし、身を縮こまらせていて、明らかに寒そうだった。

　リズの息が白く見えているので、この場所の冷え込みが強いとよくわかる。近くに湖もあったし、水脈が近くを通っていて、急激に空気が冷やされてしまうんだろう。

「ブラックオークに気づかれないように意識しすぎて、深く掘りすぎたのかもしれないな。このままだと、夜が眠れなくなるほど冷え込みそうだ」

「気づかれるよりは、寒い方がマシなんだけどね。さすがにここで焚火は……ダメ、だよね」

「天井は塞がないと気づかれる可能性が高いし、密閉した地下空間で焚き火は厳しいな」

　煙を吸い続けて一酸化炭素中毒になれば、ブラックオークどころの騒ぎではない。科学が発展していないこの世界には、そんな単語が存在しないと思うけど、危険行為だという認識はあるみたいだ。

　でも、このまま我慢するのは難しいだろう。冷たい風が当たらないとはいえ、真冬に外で一晩過ごすようなもので、俺でも風邪を引きそうなレベルになる。

「安全に過ごせるだけでもいいよ。真冬の護衛依頼だったら、魔物の警戒もしなくちゃいけないんだもん。これくらいなら……くしゅんっ」

大丈夫そうには見えないので、この現状を解決する唯一の方法に頼ることにしよう。

早くも実践することになるとは思わなかったし、もう少し周りに与える影響を把握してから使いたかったが、そうも言ってられない。

例の付与魔法計画を実行するか。

床・壁・天井のすべてを暖房へと変える、全方向温熱ブロック搭載のポカポカドリームハウス……ならぬ、ポカポカドリーム地下空間へとするために。

早速、付与魔法で部屋全体を暖める……と言いたいところだが、待っている間にリズが風邪を引いたら大変だ。繊細な魔力コントロールで付与するには、あまりにも部屋が大きすぎる。

まず初めにやるべきことは、ポカポカ計画の付属品を渡すことだな。

「普通に過ごせる空間にはするから、ちょっと待っていてくれ。まだ必要ないと思っていたけど、真冬用の膝掛けは作ってあるんだ」

俺がインベントリから取り出したのは、付与魔法の練習で作製しておいた『ポカポカ毛布』だ。ちょっと弱めの付与魔法だが、弱めのコタツに入ったときくらいには、温かい。

思わず、受け取ったリズが首を傾げることにも納得がいく。

「妙に温かい気がするけど、寒いから嬉しいよ。ありがとう、ミヤビお父さん」

「人って怖いな。自分が本当にお父さんっぽいと思えてきたぞ」

受験前の父親みたいな気持ちが芽生え始めているんだ。

自分はともかく、リズが風邪を引くといけないという謎の責任感が芽生えてくる。作り置きしていたジンギスカンを後で一緒に食べようと思う辺りが、さらに父親っぽいところを加速させていた。

昨日は作りすぎちゃったから、冷凍のやつをチンして食べなさい、的なやつ！

パーティを組む以上は悪い関係ではないと思いつつ、壁に手を当てて魔力を流していく。

木ブロックに光魔法を付与する程度なら、シビアにならずにパッとできる。慣れ親しんだ作業であり、神経を使う必要もない。でも、木ブロックに火魔法の付与を施すのは別だ。

最悪、この場所が火に包まれて炎上する。地下である以上、逃げて土ブロックで塞げば大丈夫だろうけど、そんな経験はしたくない。

疲れ切った仲間を癒すのが、サポーターの仕事だから。

たとえ、ポカポカ毛布の温もりにやられたリズが、靴を脱いで椅子の上で体育座りをして温まろうとも、目を閉じて早くも極楽気分に浸ろうとも、俺は集中を切らさない。

なぜなら、もっと快適な空間でゴロゴロしたい。それが仕事終わりの人間の気持ちなんだ！

残業のように夜まで尾行したリズには、その権利がある！

強すぎず弱すぎない絶妙な魔力コントロールを行い、数十分が経過すると、ようやく付与魔法の準備が整った。

「付与魔法《エンチャント》：火」

周囲を確認しても、ボッと燃え始めるところはなく、一見、何も起こっていないように思える。しかし、壁がじんわりと温かくなり始め、少しずつ床から熱を感じるため、成功していると確信した。

全方向温熱ブロック搭載のポカポカドリーム地下空間が、今ここに誕生したんだ。暖房費ゼロ、乾燥して喉がイガイガしない夢の空間になる。常にポカポカとした熱が発生していて、意外に部屋が温まるのも早い。

なお、温度調節は簡単で、温熱ブロックを普通の木ブロックに差し替えるだけでＯＫ。温度を上げたい場合は、付与魔法をやり直す必要があるけどな。

早くも部屋がポカポカしてきたこともあって、寒がりのリズにも変化が現れた。

椅子で体育座りをして、ポカポカ毛布で温まっていたのに、普通に座り始めたんだ。熱が出る方向にそーっと足が引き寄せられるようにして、冷たいはずの床に恐る恐る足を下ろしていく。

ピタッと床に足を置いてみれば、あ～ら不思議。ジワ～ッと温熱ブロックが温めてくれるため、それだけで暖房器具扱いになる。

「ねえ、何をしたの？　なんか部屋が温かくなってきたし、床が熱を持ってるんだけど」

「木ブロックに火魔法を付与して、部屋を暖めたんだ。足元も温かいし、思っていたより快適だよな」

どうりで温かいわけだー、と、リズがホッと安心する姿を見れば、どれほど順応性の高い人間かわかるだろう。俺でも付与魔法でポカポカ空間を作れると知ったときは、テンションが上がって驚いたというのに。

「この膝掛けも温かいし、火魔法を付与してたんだね。極寒の地下空間がすぐに暖かくなって、お風呂に入らなくても手足が解凍されるなんて、まるで夢みたい。ゆったりできていいなー。普通ならあり得ないけど、ミヤビだもん。納得しちゃうよねって、なんでやねんっ！」

　裏でノリツッコミの練習してきたんだろうか。だんだん紡ぐ台詞が長くなっているし、光源ブロックに対する順応が早かったのも、後でノリツッコミをする布石みたいになっている。

　ここまで計算してリアクションしていたのかな。

　完全に予想外だよ、と言わんばかりのリズは、真剣な顔で見つめてきているが。

「一泊で金貨二枚もする宿より、快適な空間を作っちゃダメ。湯冷めする心配もないし、地上にブラックオークの集落があるのに、熟睡する自分がいそうで怖いよ。クッションを敷いて眠れば、さぞ背中が温かくて快適な睡眠が取れるんでしょうね」

　褒められているのか、クレームを入れられているのかわからない。だが、快適な睡眠を取るためのベッドを要求してきたであろうリズのために、俺は全力で応えようと思う。

　たぶん、またノリツッコミをしてくれるから。

　期待に胸を膨らませる俺は作業台を取り出し、すぐにクラフトを実行する。

「そう思うじゃないですか。でも、床に寝るのは忍びない。そんなあなたに、こちら！　グラウンドシープの羊毛で作った、ふわふわベッドになります！」

どーんっ！　と、真っ白のベッドを取り出すと、タッタッタッとリズが駆け寄った。

「うわ～、すっごーい。ちょっと座っただけで沈み込んじゃう。まるで羊毛に包み込まれてるみたーい」

「掛け布団にもたっぷり羊毛を使用しておりますので、実際に寝るときはふわふわのサンドウィッチ。上と下から羊毛ハグされることで、体の熱を逃がしません。つまり、明け方の寒～い気温で、もう起きなくてもいいんです」

「えーっ！　この寒い時期にピッタリ！　どうしよう、座ってるだけで眠くなってきちゃった。こんな経験は生まれて初めてかも……って、やらせないでよっ‼」

　顔が赤くなるまで頑張らなくてもいいんだぞ。あと、早くもベッドが気に入ったみたいだな。座ったまま離れようとしない。

「ひとまず普通に過ごせるようになったし、作り置きしてあるジンギスカンを食べよう。さすがにベッドの上で食べるのは、汚すからダメだぞ」

「わかってる。わかってるけど……このベッド、宿で使っちゃダメかな？」

「宿の人にベッドを持ち込んでいいか聞く勇気があれば、いいんじゃないか。高級な宿ほど怒られると思うけど」

「う～ん、そうだよね……。寝心地よさそうなのになー……」

　お風呂とふわふわベッドを天秤にかけた結果、お風呂が勝ったであろうリズと一緒に、夜ごはんを食べる。

　いくらグラウンドシープの肉がおいしいとはいえ、ずっと味付けが塩とコショウのみ。煮込んで食べたとしても、同じような味付けになるため、物足りなさを感じる。高級食材なだけあって、おいしいのはおいしいけど。

「それで、明日はどうする？」

「えっ？　……あぁー、ブラックオークのことね。ちゃんとわかってるよ。忘れてたわけじゃないから」

　快適な空間になって、実家のような安心感を出すのはやめてくれ。俺のこと、完全に父親だと誤認していただろう。

「思ったより繁殖してなかったし、討伐を視野に入れてもいいかなって思ってるの。強い魔物ではあるけど、知能は高くない。戦略次第では、十分に勝てる相手になると思うんだー」

「一応言っておくけど、確実にブラックオークが原因で森がおかしい、という保証はない。他にも強い魔物が繁殖している可能性もあるぞ」

「それは大丈夫。ブラックオークの肉がおいしい影響か、近くの魔物を引き寄せる性質があるの。繁殖してるっていうことは、この森で一番強い魔物がブラックオークで間違いないよ」

　ジンギスカンをよく噛んで食べるリズを見て、俺は思った。

　戦略次第では勝てる相手、つまり、普通に戦っては勝てない相手になる。戦闘を始めたとしても、脱出用の地下空間に逃げ込めば、命の危険は少ないだろう。しかし、そこまでして討伐する必要はない。

調査依頼を完璧にこなしたわけだし、ここで帰った方が冒険者ギルドの評価は高くなるはず。今回はあくまで調査依頼であり、解決することが目的ではなく、森の情報が欲しいだけだから。勝ったとしても、危険な挑戦だと思われたら、ギルドの評価は下がるかもしれない。冒険者としてレベルアップするために、ブラックオークへ挑みたい気持ちもわかる。

でも、リズは慎重に依頼をこなすタイプだ。何か別の理由があるに違いない。

「なんとなくわかってきた。ブラックオークの肉が食べたい、そういうことだな？」

「……うんっ！」

なんで裏の意図がわかっちゃったんだろう。俺、本当に父親みたいじゃん。

「素直でよろしい。今から強襲作戦を考えて、今日は早めに寝よう。窓がない地下だと時間がわかりにくいし、寝坊するやつが一人いそうなんだ」

「大丈夫。私、朝はけっこう得意なの。寝心地の良いベッドで寝ても、絶対に遅刻しないよ。熟睡したとしても、時間通りにスッて起きるから」

盛大なフラグを立てたリズと一緒に、ブラックオークの討伐に向けた作戦を話し合う。

どれだけ良い作戦を立てたとしても、俺が寝坊した時点で失敗に終わるのは間違いない。ブラックオークが活動する前に行動しないと、地上に出られない可能性もある。

謎のプレッシャーに襲われるが、パーティメンバーを起こすまでがサポーターの仕事かもしれないし、絶対に早起きしよう。

さすがにCランク冒険者が寝坊することはないか、と思い直しつつも、作戦会議を終えた後、俺は明日に備えて早めに眠るのだった。

＊＊＊

翌日、コッソリと地上に顔を出した俺は、緊張感を持って周囲を確認した。まだ夜明け前でブラックオークは活動していないみたいなので、暗闇に包まれる静かな森を一人でゆっくりと移動する。

「年を取るって怖いな。責任という重圧にやられて、あまり眠れなかったよ」

昨日考えた作戦通りに、ブラックオークが寝ている間に強襲するため、俺はいま、地上へ偵察に来ているんだ。戦闘する前に敵の情報を把握することで、少しでも優位に立ちたいから。

相手はCランクに分類される魔物で、普通に戦っても勝てない相手なら、できる限りのことはやっておきたい。

現在の状況としては、集落の見張りを行うブラックオークが二体見える。危機感が足りないのは間違いなく、ウトウトして見張りの役目を果たせていない。

魔物を引き寄せる性質があるとはいえ、森の魔物が減って襲われることもなくなり、警戒心が緩んでいるんだろう。

強襲作戦が有効に働きそうで何よりだが……、気になるのは、ブラックオークが手に持つ武器だ。体格の割には小さな剣であり、材質が鉄っぽい。集落の雰囲気から魔物の知能を考えると、あの武器を作れるとは思えなかった。

　行方不明の冒険者が持っていたもの、だよな。顔も名前も知らない冒険者とはいえ……、いや、深く考えるのはやめよう。戦いを前にして、変な感情は作るべきではない。

　まずは寝坊したリズを起こそう。話はそれからだ。

　地上に続く階段を下りて地下空間へ向かうと、ベッドの上で魔物よりスヤスヤ眠るリズがいた。

　俺が近づいても、まったく起きる気配がない。

　街の外で寝心地が良すぎるベッドを使用するというのは、何とも複雑な気分にさせてくれる。

　疲れが取れる反面、こんなにも警戒心を失ってしまうなんて。

　涎が垂れるほど爆睡する冒険者って、いる？　安全を確保したとはいえ、ここは敵地だぞ。Ｃランク冒険者としては、絶対にやってはいけない大失態だろう。

　ましてや、男である俺と同室で無警戒というのは、女の子として心配になる。それだけ信頼されていると言われれば嬉しいが、普通に心地よくて熟睡したに違いない。

「リズ、起きろ。もうすぐ夜明けだ。早くしないと、ブラックオークが目覚めるぞ」

「あと五分だけ……」

「普通に寝すぎだよ。早く起きてくれ」

「う～ん……。まだ暗いよ、お父さん」

「おい、寝ぼけて父親と誤解するな。いま、ちゃんと目が合っただろ。寝起きで言うなんて、本気で思っていないと出てこないぞ」

「お願い、お父さん。もうちょっとだけー……」

布団で顔を隠し、クルッと背を向けるリズは、完全にお家モードである。自分が冒険者であることを忘れているかのように、二度寝してしまった。

リズが女の子である以上、無理やり布団を引き剥がして起こすわけにはいかない。かといって、このまま二度寝を見送れば、見張りのブラックオークまで眠っている千載一遇のチャンスを逃すことになる。

討伐すると言い出したのはリズなのに、なぜ俺はこんなことで悩んでいるんだろうか。高校生の娘が起きない父親みたいな気持ちにされて、さっきから複雑な心境の連続だよ。

起こす方法に心当たりがあるし、別にいいんだけどさ。

「あっ、おはようございます、エレノアさん。すいません、リズが寝坊して」

「……ッ！」

ガバッ！　と上半身を起こしたリズは、キョロキョロと周囲を確認する。が、この場所にエレノアさんがいるはずもない。

「お父さん、エレノアさんが……」

ジーッと目線を合わせてくるリズを見れば、どういう気持ちなのか伝わってくる。寝起きから顔が赤くなる経験なんて、滅多にないだろう。

「もう一回寝て、やり直してもいい？」

「ダメだ。そろそろ夜明けになる。早く起きなさい」

「はい……」
渋々布団から出てくるリズを確認した後、俺は一足先に地上へと向かうのだった。

寝坊したリズの準備が終わり、外が少し明るくなり始める頃に、俺たちは強襲ポイントへやって来た。見張りのブラックオークの視界に入らず、程よく離れた場所になる。

「恐ろしいベッドだったね。今まで寝坊したことなんて一度もなかったのに」

説得力は、まるでない。寝ぼけて二度寝までしようとした人が言う台詞ではないだろう。

地上にやって来てもまだ顔を赤く染めるリズは、決して俺と顔を合わせようとしなかった。

異性に情けない姿をさらけ出したことよりも、本気で父親と間違えてしまい、恥ずかしいんだと思う。学校の先生を「お父さん」と呼び続けたような心境であり、なかったことにしたいのかもしれない。

どちらにせよ、強襲作戦を実行するなら、しっかり目を覚ましてくれて何よりである。

「今後は、お父さん呼び禁止だぞ」

「私だって、わざとじゃないもん。寝ぼけてて視界が悪かったというか、熟睡しすぎて目が開いてなかったというか……」

リズが照れたり恥ずかしかったりするときにやる行動、髪の毛クルクルをやり始めたので、これ以上は突っ込まないでおく。

昨日は神経をすり減らして尾行してもらったし、疲れが残っているよりはマシだ。ブラックオークを強襲するとはいっても、俺は戦闘に参加できないため、ここからは魔法使いであるリズの役目になる。

ブラックオークの方が数で有利なのは紛れもない事実であり、普通に戦って勝てる相手ではない。それでも、勝つチャンスがあるとしたら、九体のブラックオークが眠り、見張りの二体が寝ぼけている、今だけだ。

「まだ起きるには暗いけど、襲撃できるぐらいの明るさにはなった。準備はできているか？」

「大丈夫。もう寝ぼけてないから」

「わかった。逃げる準備はいつでもできているし、後はリズのタイミングで始めてくれ」

うんっと頷いたリズは、一度大きく深呼吸をした。

さっきまで恥ずかしがっていた姿が嘘のように顔を引き締め、ブラックオークを見つめる瞳は真剣そのもの。右手で杖をギュッと握りしめると、氷の槍が生成されていく。

中級魔法で殺傷能力の高い氷魔法、アイスジャベリン。リズが一度に作れる氷の槍は二つが限度なので、同時に討伐できるのは、ちょうど見張りのブラックオーク二体分になる。

「アイスジャベリン」

「ブヒィィィー！」

「ブヒィィィー！」

仲間の悲痛な叫び声を聞いたブラックオークの群れは、瞬時に飛び起きた。寝起きとは思えない俊敏な動きで仲間のもとへ立ち寄ると、周囲を警戒する。そこへ、もう一度リズが魔法を放つ。

「アイスジャベリン」
「ブヒィィー！」
「ごめん、一体外した」
「気にするな。作戦通り退避してくれ」

リズが穴の中に撤退する頃には、魔法が飛んできた方向をブラックオークに目視されるため、俺たちの居場所がバレてしまう。怒涛の突進でこっちに来るところを見守ってやる義理はないので、土ブロックを周囲にトントントンッと敷き詰めて、穴を塞いでいく。
天井を塞げば暗くなるが、通路に光魔法を付与したブロックがあり、移動に支障はない。

ゴンッ！
「ブヒッ!?」

なお、穴を塞いだブロックは特別製で、土魔法を付与した『硬質ブロック』になる。耐久力が高いだけでなく、重みと硬さを併せ持っているので、物理的な衝撃では壊れにくい。

ゴンッ！　ゴンッ！　ゴンッ！

しかし、壊れる可能性はゼロではないため、すぐに撤退してリズの後を追う。仮に壊れたとしても、通路は人が通れるほどの大きさしかない。よって、ブラックオークは追ってこれない仕様なんだが……怖い！

今回のブラックオーク討伐戦において、俺とリズは一つの作戦を考えた。それが、モグラ作戦である。

中級魔法で戦うリズの攻撃を活かすには、強襲チャンスを何度も作る必要があった。魔法の威力が弱いと言っても、急所を攻撃すれば致命傷になる。

確実に討伐できるチャンスを作れれば、上級魔法が使えなくても、十分に戦うことができるだろう。その準備をするため、俺がコソコソと深夜に掘り進めて、通路を作っておいたんだ。

ブラックオークの集落を中心に、地下トンネルを作製したので、常に敵の背後にまわり続けることができる。そして、身を隠した後に移動すれば、敵に居場所が知られないため、攻撃を受ける機会も減らすことも可能だ。

つまり、攻防一体となった作戦になっている。

ブラックオークたちがブヒブヒ叫びながら硬質ブロックを壊そうとする間に、俺とリズは合流して、第二地点に到着する。天井をスコップで開けると、予想通りブラックオークの背後が取れた。

「アイスジャベリン」

「ブヒィィィー！」

「ブヒィィィー！」

振り向いたブラックオークたちに手を振って居場所をアピールすると、今度はこっちにやってくる。当然、この穴も硬質ブロックで塞ぐ。

単純な作戦だが、効果の高い作戦だ。魔物と正々堂々戦う必要はないし、命を懸けた戦いである以上、勝たなければ意味がない。

もう一度地下通路を移動して、リズの風魔法でブラックオークの足音を感知した後、安全な穴から顔を出す。

「アイスジャベリン」

「ブヒィィィー！」

魔法を放った瞬間、角度が悪いこともあり、一体のブラックオークに気づかれてしまった。

安全な距離で攻撃すると、目視されて避けられてしまう。Cランクの魔物なだけあって、大きな体でも高い身体能力を持っているみたいだ。

すぐに硬質ブロックで穴を塞ぎ、地下の通路に避難する。

「ブヒブヒ……」

当然、こんなことを繰り返していれば、ブラックオークが学習するのも、当然のこと。

しかし、あくまで相手は魔物だ。俺がわざと硬質ブロックを叩いて居場所を知らせれば、ドンドンドンッと足音を鳴らして近づき、硬質ブロックをガンガンッと攻撃し始める。

「アイスジャベリン」

「ブヒィィィー！」

「ブヒィィー！」

攻撃するリズが別の場所にいるとも知らずに。

ここまで順調に作戦が進めば、勝利の道筋は見えてくる。万が一のことを考えて、撤退の準備だけはしておくが、心配はいらないだろう。

最後の仕上げを行うために移動するリズの顔を見れば、俺みたいに満身している様子はない。だからこそ、安心して見送ることができる。

「ミヤビ、残りは二体だよ。狙撃ポイントに行ってくる」

「わかった。周囲の魔物にも警戒するんだぞ」

「任せて」

走り去っていくリズとは対照的に、地上にいるブラックオークたちは動いている気配がない。

おそらく、こっちの位置を割りだしたはずなのに、背後から仲間がやられたことで、生き残ったブラックオークは混乱状態に陥っているんだろう。

あいつらは急に現れて怖いブヒ、姿が見えないと怖いブヒ、と。

そこへ、おいしい餌を見せるようにリズが地上に現れれば、ブラックオークは判断能力を失うはず。敵を倒すという魔物の本能が働き、襲い掛かるしか選択肢がなくなるんだ。

背を向ければ違う場所から魔法が飛んでくるかもしれないし、また見失えばどこから攻撃されるかわからない。その恐怖心に動かされた魔物が、リズの魔法を避けきれるとは思えない。

「アイスジャベリン」

「ブヒッ‼」

「ブヒッ、ブブヒヒッ！」

しかし、魔法が当たったとしても、最後は決死の覚悟で突っ込んでくるかもしれない。そのときのパターンを想定して、途中で大きな落とし穴が設置してある。

姿を見せたとしても、魔物相手に正々堂々と戦う必要はないんだから。

「ブッヒーーー……」

「ブッヒーーー……」

ちなみに、魔物が逃走したときのことも考慮して、大きく円を描くように落とし穴を設置した。最初に落とし穴があると気づかれたら、もっとブラックオークも冷静に動き、闇魔法で応戦していただろう。そのため、最後の手段として落とし穴を使うことにしたんだ。

つまり、俺の出番は戦闘が始まる前にほとんど終わっていて、リズが手柄を上げられるようにサポートしただけ。命のやり取りをするのは、俺の仕事じゃない。

冒険者としての名声よりも、快適な暮らしができる空間を作って、のんびり素材採取をして過ごしていたいよ。

一緒に冒険できる仲間がいてくれたら、もっと楽しくなると思うけど。

無事にブラックオークの討伐を終えたリズと合流すると、晴れやかな笑みを浮かべていた。

「今日の私たち、Aランク冒険者並みの活躍してない？　カッコよかったよね！」

穴を掘る荷物運びのサポーターを、戦力として数えられても困る。でも『今日の私』と言わないところが、リズの良いところでもある。

モグラ作戦がカッコよかったかと聞かれれば、カッコよくないと断言するが。

まあ、戦い方を誰かに見られたわけではないし、わざわざ否定する必要もない。

「うちの魔法使いは強いからな。何と言っても、未来のAランク冒険者なんだし」

今日ばかりは素直に褒め言葉を受け取るリズは、えへへっと照れ始める。

自分でも納得のいく戦闘ができたんだろう。少し前には自信をなくしかけていたし、冒険者として、大きな一歩を踏み出せたに違いない。

最初は慣れない調査依頼に苦戦して、魔力のペース配分もわからず、不安そうな顔をしていたのにな。今では何かが吹っ切れたように、無邪気な笑顔をしているよ。

「ほらっ、ミヤビ。早く回収に向かわないと、調査依頼の証拠にならないでしょ。まだ魔物がいるかもしれないし、護衛してあげるよ」

まだまだ子供っぽいところがあるリズは、感傷に浸らさせてくれそうにない。

「ゆっくり行っても、討伐した魔物は逃げないぞ」

上機嫌のリズに背中を押され、討伐した魔物の回収に向かっていく。

夜中に穴を掘って、モグラ作戦の下準備をした甲斐があったかな。成長する娘を見守るような気持ちになるのはおかしいような気もするが……、そんな気持ちも悪くないと思う自分がいる。

「Aランク冒険者は、最後まで油断しないの。ギルドに報告するまでが、調査依頼なんだからね」

八章 ✖ 優秀なサポーター

ブラックオークの討伐を終えた後、掘った通路や集落の後始末を行い、森の調査を続行した。異変は過ぎ去ったと思いながらも、奥地の追加調査に三日ほど時間を費やしている。

責任感の強い真面目なリズの性格を考慮して、調査依頼を完璧に終わらせた方がいいと思ったんだ。本当に大丈夫だと胸を張って言えないと、頭の片隅に残ってしまい、今後の依頼に影響しかねない。

どのみち森の詳細なデータをまとめておきたかったし、魔物の生息数が気になっていたため、俺にとっても無駄な行動ではなかった。

現状としては、他に異変が起きていなくて安心したよ。日常を取り戻したかのように平和な森になっている。

大きな木の下にウルフの巣穴を見つけたときは、ちょっと感動したもん。赤ちゃんウルフが三体も眠っていて、とにかく可愛かったんだ。リズと一緒に遠目で観察した後、思わずブラックオークの肉をおすそ分けしてしまうほどに。

でも、過剰な感情移入は禁物だ。今度は違う魔物が突然変異したら、また問題が発生する恐れがある。森の平和に貢献してくれるなら、魔物の繁殖も必要になるだけであって、深く関わってはならない。

人と魔物が敵対関係である事実は、何も変わらないんだ。

リズもそれがわかっているから、森で出会った魔物に対して、魔法で威嚇し続けていた。少し寂しそうな顔をしていたが、魔物の数を減らすわけにはいかないし、これでよかったんだと思う。

本格的に森の調査団みたいな行動をしているが、俺たちは冒険者ギルドの依頼を受けただけ。調査の成果をまとめて、紙にデータを記載したら、役目は終わりになる。あとは報告して、冒険者ギルドに対応を任せよう。

そんなこんなで、三日間の追加調査をした翌日に、ようやく冒険者ギルドに依頼報告へ向かった。混雑する朝の時間を避け、昼前にエレノアさんを訪ねている。

久しぶりに会えたことが嬉しいと誰が見てもわかるくらいには、リズが満面の笑みを浮かべていた。

「ただいま、エレノアさん。調査依頼の報告にきました」

「おかえりなさい、リズちゃん、ミヤビさん。確か、北東の森の調査依頼を受けていましたよね。冒険者ギルドが立ち入り禁止区域に指定していましたし、資料がこの辺りに……あっ、ありました。行方不明の冒険者が二組、ですか」

「初めてで要領をつかむまでが大変で、慎重になりすぎたのかもしれません。思ったよりも時間がかかっちゃって」

「いえ、詳しく調査してほしい案件でしたので、構いません。それで、どうなりましたか？」

そのままリズが報告するのかと思いきや、肘でトントンッと軽くつつかれた。調査の報告書を作ったことも影響しているのか、ここからは俺が説明するらしい。

「結論から言いますと、魔物の生態系が崩れ、森の最深部に十一体のブラックオークが住み着いていました。こちらが調査結果をまとめた報告書になります」

　インベントリから分厚い資料を取り出し、エレノアさんに提出すると、キョトンッとした顔をされてしまった。

「へっ？　報告書、ですか？」

「口頭で伝えるよりも、書類にまとめた方がいいかなーと思いまして」

　リズの散策に同行するだけというのが暇だった、とはさすがに言えない。

「それはそうですが、冒険者に報告書を提出されたのは初めてです。調査依頼の報告書はギルド職員が作成しますし、なかなか作るのは手間がかかって……」

　調査報告書を受け取り、ペラッと紙をめくったエレノアさんは、目付きが変わった。真剣な眼差しで書類に目を通し、ペラペラペラッと勢いよく紙をめくり、食い入るように確認を始める。

「ミヤビ、大丈夫なの？　こんなエレノアさんは見たことないよ」

「ギルドに提出すると思って、わかりやすく書き直した部分も多いんだぞ。大丈夫……だと思う」

「そこはちゃんと自信を持ってくれないと困るんですけど」

「いや、変なことは書いていないつもりなんだが……怒られたら、ごめんな」

「弱気にならないでよ。パーティで調査した以上は私にも責任があるんだし。一緒に怒られてあげるから、元気出して」

「優しいのか厳しいのかハッキリしてくれよ。複雑な気分になっちゃったぞ」

やらかした雰囲気が漂うなか、ガバッと顔を上げたエレノアさんを見て、俺とリズはビシッと背筋を伸ばす。

「何ですか、これ……。ミヤビさんが書かれたんですよね？」

「そうですけど、まずかったですか？」

「いえ、魔物の統計や薬草の自生場所といった詳細な内容が書かれているのに、絵やグラフがあってわかりやすいです。ここまで丁寧に調べてまとめようと思えば、一月かかってもおかしくありません。ちょっと頭が追い付かないのですが……」

混乱するエレノアさんに同調するかのように、リズはポンッと両手を叩いて納得していた。

「ミヤビはそういう人なので、気にしない方がいいと思いますよ。全体的に変なんですよね」

こんなにも複雑な心境になるフォローは初めてだ。良いことをしたはずなのに、褒められている気がしない。

「もしかして、王城で働いていた経験がありますか？」

「王城を見たことすらありません。リズが丁寧に調査してくれた内容を、普通にまとめただけです」

「ミヤビさんの言う普通の領域が、世間一般的には異常だと思います。ブラックオークの集落まで詳細に……ハッ！　大変です！」

今までの雰囲気から一変したエレノアさんは、受付カウンターをバンッ！　と強く叩いて立ち上がる。当然、近くにいる職員や冒険者、依頼人たちの注目が集まった。

「ブラックオークが十一体となれば、至急Bランク冒険者を招集しなければなりません。繁殖して十体を超えると、ドラゴンを呼び寄せる可能性が高まり、街が危険に晒される恐れがあります」

　エレノアさんが恐ろしい言葉を紡ぎだしたことで、冒険者ギルドに緊張が走る。隣に佇《たたず》むリズが首を横に振っているため、俺たちはそんな大層な理由で討伐したわけではないのは、明らかだ。ブラックオークの肉が食べたくて頑張ったとは、絶対に言わないでおこうと、二人で頷きあう。

　そんなことをしてる間に冒険者ギルドの緊迫感が高まり、職員たちが動き始めた。緊急事態と捉えることができる雰囲気に、俺はストップをかける。

「討伐したので、大丈夫ですよ」

「へっ？」

「二人で倒せそうでしたので、強襲して討伐しました」

　魔物討伐を報告すると、シーンと静寂に包まれ、冒険者ギルドの時間が止まった。呼吸まで止まっていないか心配になるほど、職員たちは動いていない。たった一人を除いては。

　この人は何を言ってるんだろう、と言わんばかりの唖然とした表情を浮かべるエレノアさんが、リズの顔色を確認した。しかし、その人が言い出しっぺである。

「えへへっ、ミヤビがいれば大丈夫そうだったので、倒しちゃいました。討伐証明部位は、通常のオークと同じ尻尾で大丈夫ですよね？」

　にこやかに討伐報告をしたリズを見て、現実が受け入れられないのか、エレノアさんは頭を抱え込む。助けを求めるように後ろを向くと、職員全員が手を横に振り、渋い顔をしていた。

　絶対にあり得ないですよ。

　何か別の魔物と間違えているだろ。

　虚偽報告の可能性があります。

　そんなことを言いたげな職員たちを見て、エレノアさんのメンタルが回復した。勘違いでよかったと、安堵の表情を見せているが、ただの事実である。

「本当にブラックオークでしたか？　十一体となれば、Bランク冒険者パーティが最低でも二組は必要になります。サポーターと二人で討伐できる魔物ではありません。少々驚きましたが、別の魔物と勘違いされていたんですね。十一体ものブラックオークを二人で討伐できるはずが……」

　話に割って入るタイミングがないほど、エレノアさんがペラペラと話し始めた。あまりにも軽快なトークで、自分に言い聞かせているように思える。

　不思議なことに、冒険者ギルド全体がブラックオークは間違いだったと誤認して、職員たちも普通に仕事を再開する。一気に緊張感がなくなり、緩～い会話まで聞こえ始めた。

「昼ごはんどうする？　私さ、ダイエット始めたんだよね」

「えー？　またダイエットやってるんだ。今回は何日持つかな」

「今度は本気だから。最近受付に来てくれるCランク冒険者の人がカッコいいんだもん」

　異世界でも女の子の心理は変わらないなーと思っていると、隣で佇むリズに肩をトントンッと軽く叩かれる。流暢《りゅうちょう》にエレノアさんが話し続け、信じてもらえない影響もあってか、力強い目で見つめてきた。

「肉体労働の割にね、冒険者って痩せないの。それなのに、ギルドの受付嬢だけが痩せようとするのは、ずるくない？」

　急速に闇落ちしてしまったような雰囲気を放つリズを見て、何が言いたいのか察してしまう。

　パーティを組んでいる影響か、父性がありすぎる影響なのかはわからない。しかし、リズは間違いなくこう思っているだろう。

　ブラックオークの肉が食べたいと頑張った自分が、恥ずかしい。私だって体重が気になるけど、最低限の栄養補給して体力を付けないと、冒険者活動ができないの。ギルドの受付嬢と比較されて、太っていると思われたくないよ。

　だって、リズも女の子だから。

　最近は、昼ごはんもよく食べる。俺に父親の面影を感じている影響か、遠慮がまったくない。

　調査依頼でブラックオークを討伐したのは事実だし、緊張感を持って毎日過ごしたリズが頑張ったことを、俺は知っている。

その血と汗と涙の結晶を、ダイエットを考えるギルド職員に見せつけよう。

「知能が低いとはいえ、ブラックオークは闇魔法も――」

「肉、卸しますね」

どーーーん！　と肉の壁を受付カウンターに作り出すと、さすがにエレノアさんの言葉も止む。

瑞々しい赤身と真っ白な脂身で彩るブラックオークの肉は、インベントリに入れていたこともあって、鮮度抜群だ。夜間のスーパーで半額シールが貼られる肉とは色味が違う、極上の豚肉である。

肉の壁で向こう側の様子は見えないが、エレノアさんが椅子から立ち上がり、バックヤードへ走る音が聞こえてきた。

「解体班の皆さん、緊急集合ですー！　現在の作業をすべて放り出し、受付カウンターに来てください！　ブラックオークの肉が防壁となり、受付業務に支障をきたしております！」

「グラウンドシープの肉でもあるまいし、ブラックオークの肉が防壁になるわけないだろう」

「同一人物によるものです！　再び『肉王子』がやってきましたー！」

「先にそれを言え！　肉王子が来たなら話は別だろ！」

「急いでください！　臨時ボーナス案件です！」

次々に肉を運ぶためにやって来る屈強な男たちを前にして、俺は思った。

名前も知らないギルド職員たちから、肉王子と呼ばれている、と。

大変不本意な二つ名をいただいていると思うが、何とも抗議しにくいネーミングだ。前回に引き続き、今回もこれほどの肉を提出してしまったら、あながち間違っていないと思わせられる。

「ブラックオークの肉がおいしいとは聞いてたけど、そんなにおいしいのかな」

呑気なもので、リズは食に興味を示しているけど。

「リズも食べたことがなかったのか？　てっきり好物だと思っていたんだが」

「変異種と出会う機会は少ないし、ソロで討伐できる魔物じゃないもん。貴族や高ランク冒険者が食べる高級食材で、食べられる機会は限られるよ。肉王子は食べたことあるの？」

「さりげなく肉王子と呼ぶのはやめなさい。そんな恥ずかしい二つ名を認めたくはない」

照れなくてもいいよ、このこの～、という雰囲気を出して、リズが肘で突いてくる。

でも、俺はまったく照れていない。無駄に浸透しないことを願うばかりだ。

「二つ名を持つサポーターなんて、滅多にいないよ？　ギルド職員の間では早くも馴染んでるみたいだし、もう肉王子で決まりかなー」

不本意なことをリズに言われてしまうが、それについては認めざるを得ない。解体班の男たちが肉を運ぶ際、ブツブツと話す声が聞こえてくるんだ。

「さすが肉王子だな。品質が抜群に良い」

「肉を解体するセンスがずば抜けている。さすが肉王子」

「臨時ボーナスは間違いないぜ。肉王子に感謝しないとな」

今までこの街で冒険者活動をしていても、肉を運んでもらう以外に関わっていないので、肉王子として認識されているのは、仕方ないことだ。

しかし、まだ巻き返しのチャンスはある。この現場を目撃している冒険者たちが、肉王子と呼ぶとは限らな――。

「肉の国の肉王子かよ。エリートサポーターがいたもんだぜ」

「無限に肉が入る特殊インベントリなんだろうな。さすが肉王子だ」

「うちにも肉王子がいてくれたら、もっと儲かるのに」

予想以上の浸透率！　もう俺、肉王子一択じゃん‼

逃げ道が封鎖されてしまったかのような気持ちを抱く頃、受付カウンターの肉がすべて運ばれ、椅子に腰を掛けるエレノアさんと目が合った。真剣な表情で見つめてくるエレノアさんを見て、俺の心が安らいでいく。

サポーターとして活動する俺の名前を知っているギルド職員は、エレノアさんだけ。この人の前にいる間は、ミヤビとして過ごすことができる。

「調査依頼の報告が、私では処理できない事態になっておりますので、少々お時間をいただいてもよろしいですか？　リズちゃん、肉王子」

「ミヤビでお願いします。本人の知らないところで肉王子が定着しすぎて、困惑していますよ」

「Cランク冒険者のリズちゃんよりも早く二つ名が付きましたね。冒険者の歴史上、最速だと思いますよ」

ニコッと笑みを向けてくれるエレノアさんとは対照的に、俺はぎこちない笑みで応えるしかで

きないのであった。

＊＊＊

ブラックオークの肉を大量に納品し、調査依頼の報告を終えた俺たちは、別室に案内された。急遽、ギルドマスターと面会することになったんだ。

冒険者ギルドが騒ぎになるほどの魔物を倒してきたのなら、話が大きくなっても仕方がない。冒険者が行方不明になっているし、街の治安にも関わるため、上役の判断が必要なんだろう。

面識のあるエレノアさんでさえ、初めはブラックオークの討伐を疑っていたくらいだ。素直に報告を聞いて、ギルドマスターが信じてくれる可能性は低い。

討伐証明部位と報告書を提出したとしても、魔法使いとサポーターで構成されるパーティが討伐したと言われたら、普通は疑問を抱くと思う。

お前たちが本当に魔物を倒したのか、と。

嘘か本当かわからない状況で、冒険者ギルドが俺たちの対応に困っているのは間違いない。

わざわざエレノアさんが案内してくれた部屋も、Cランク冒険者のリズとFランクのサポーターである俺を招き入れるには、妙に落ち着いた雰囲気がある。

会議室のような畏まった場所ではなく、柔らかいソファと小さな机がある応接室だ。座り心地も良いし、茶まで出してもらえるサービス付きである。本来は貴族や高ランク冒険者を接客するための部屋だと思うし、ＶＩＰ待遇だと言えるだろう。

ギルドマスターは忙しいのか、すでに三十分くらいは待たされているが。

「はぁ～、緊張しちゃうなー……。早く来てくれないと、心臓が持ちそうにないよ」

この街の冒険者ギルドのトップと対面する機会ができたため、面接試験でも受けるかのように緊張するリズは、ずっとソワソワして落ち着かない様子だった。

「今までエレノアさんが担当してくれていたんだから、悪くは伝わらないと思うぞ」

「それはそれで迷惑かけてないか心配だよ。はぁ～、お腹が痛い」

プレッシャーに耐え切れないリズがお腹をさすり始めると、部屋の扉がノックされて、ガチャッと開く。条件反射のようにビシッ！　と背筋を伸ばすリズは、さすがの対応力だと思う。

アラフォーくらいのオジサンがエレノアさんと一緒に入って来ると、その男性だけが向かい合うソファにドシッと腰を下ろした。

手に持っていた資料を机に置き、腕を組む姿はちょっと怖い。こげ茶の髪が短い影響か、誠実でダンディな印象を受けるものの、威圧感がたっぷりとあった。

ようやく緊張していたリズの気持ちがわかった気がする。隣で秘書のように佇むエレノアさんも、緊張した様子で姿勢を正していた。

「俺がギルドマスターのザイオンだ。現役から離れて十年以上経つが、元Ａランク冒険者になる。高ランク冒険者を目指すつもりなら、名前くらいは覚えておいてくれ」

忘れようがないと思うほど、声も渋い。異世界にやって来て、手に汗が握るほど緊張するのは、これが初めてだ。

「単刀直入に聞こう。Ｃランク冒険者、リズ。森の調査、および、報告書の作成において、同業者や外部の人による援助を受けていないか？」

そして、初対面のザイオンさんが威圧的な態度を取るのは、これが事情聴取の意味合いがあるからだろう。初めてにしては出来すぎな調査依頼に、ギルドの上に立つ者として、不正がなかったのか確認しなければならないんだ。

「私たちだけで行いました。ブラックオークとの戦闘においても、自分たちの力だけで討伐しています」

「冒険者ギルドが出す依頼の中でも、調査依頼の報告は与える影響が大きい。場合によっては、冒険者ギルドと街に混乱を招きかねない依頼であるため、Ｃランク冒険者以上に発注しているが、嘘偽りがないと誓えるな？」

「はい、大丈夫です」

「それならいい。日頃の冒険者活動やギルド職員の評価も考慮して、虚偽の報告ではないと判断しよう。討伐証明部位や納品された肉も鮮度が良く、実際に森の中を詳細に調査しなければ、さすがにこのレベルの報告書は作れんだろう」

手に取ってペラペラッとめくったのは、俺の書いた報告書だが……予想以上にアッサリと信じてもらえて、拍子抜けする。

職員であるエレノアさんも同じ気持ちだったのか、オドオドし始めた。

「あ、あの、本当によろしいのですか？」

「不服か？　持ち込まれた報告書とギルドの資料に目を通し、お前の話を元に判断したんだが」

「いえ、私としては申し分ありません。リズちゃんは真面目ですし、無理のない依頼を選んで活動される堅実な子です。ただ、慎重に考慮されるギルマスにしては判断が早いなーと思いまして」

　そもそも、こんな簡単な問いかけで済むのなら、ギルドマスターと面会する必要はない。エレノアさんが疑問に思うほどなら、普段はもっと厳しく取り調べているはずだ。

　俺たちの視線が集まっていることもあってか、ザイオンさんはバツが悪そうに頭をポリポリとかいた。さっきまで放っていた威圧感を忘れてしまうほど、表情も緩くなっている。

「若い頃に五年ほどパーティを組んでいた、ライズという男がいてな、馬鹿みたいに真面目な魔法使いで、冒険者なのに冒険しない性格だった。知り合い経由で聞いていたが、娘まで馬鹿みたいに真面目で慎重な性格だと、不正を疑う方が馬鹿みたいだろ」

　聞き覚えのない男の名前だけど、リズがポカーンと口を開けて驚く姿を見れば、だいたいの予想はつく。どうやらリズの父親も冒険者で、ザイオンさんとパーティを組んでいたんだろう。

「一つの情報として、お前の親父を判断材料に用いたのは事実だが、私情を挟む気はない。若くしてＣランク冒険者に昇格したのも、全冒険者の中で依頼成功率がトップだった影響が大きいだけだ」

　エレノアさんが用意したであろう資料を見せられると、今までリズがどれほど慎重に依頼をしてきたのか、納得するデータもあった。

受注依頼数：１７３件
依頼成功数：１７０件
依頼成功率：９８・２％

Ｂランク冒険者になれないと悩んでいた人物とは思えない、エリート冒険者だったことが発覚した瞬間である。

なお、本人は自分の父親がギルドマスターとパーティを組んでいたことを知り、挙動不審になってしまったが。

「えーっと……、父がお世話に、なりました」

「昔の話を掘り起こす気はないし、ライズに迷惑をかけていたのは俺だ。気にするな。今後も特別扱いをするつもりはないが、個人的には期待している。娘は十一体のブラックオークをソロで討伐するくらいに、お転婆な一面もあるみたいだからな」

　良い意味で殻を破ったと評価したであろうザイオンさんは笑みを浮かべるけど、真面目なリズが素直に称賛を受け取ることはない。それは違います、と、右手を何度も左右に振っている。

「先ほども申し上げましたが、ブラックオークの討伐はソロではなく、パーティで行いました。私一人で討伐しようと考えるほど、お転婆なわけでもありません。どちらかといえば、体格の大きな魔物との戦闘に関しては、ミヤビの方が活躍しますので」

　リズの言葉を聞いて、二人の時間が二秒ほど止まる。

　お前はサポーターじゃなかったか？　と言わんばかりに書類を確認するザイオンさんと、生産職特有のインベントリを使っていたはずですが、と首を傾げるエレノアさん。そして、ちゃんと自分で言ってよ、と肘でトントンしてくるリズ。

　実際に討伐したのはリズだというのに、まるで俺が何かをやってしまった雰囲気である。

「戦闘も調査もリズがメインで、俺はサポートをしているだけです。今までパーティを組んでいて、自ら攻撃した経験はありません」

　実際に俺はブラックオークに攻撃していないし、魔物から護衛される身であるため、嘘はついていない。しかし、リズが何か言いたそうな顔で見つめてくるため、不満があるのは間違いないだろう。

　それを見たザイオンさんも、どう判断していいのかわからない様子だ。

「サポーターも冒険者である以上、戦闘の役に立てるのは良いことだが、パーティの言い分くらいは揃えてくれるとありがたい」

「ミヤビは普通という感覚を持たない人で、理解できないことを繰り返します。意見は揃えきれません。桁違いのサポートスキルを持ち、気配り上手で人柄も良いので、サポーターとしては優秀すぎるくらいです。悔しいけど、私より早く二つ名をもらってるのも納得します」

　口を尖らせて拗ねるリズには、『肉王子』という二つ名が羨ましいかどうかを問いただしたい。

途中まで心地いい褒め言葉が耳を駆け抜けていっただけに、最後の話だけは反発したい気持ちでいっぱいだ。

　しかし、すでにザイオンさんの耳にまで二つ名が届いているらしく、リズの言葉を聞いて口元を緩めている。

「そうか。異質な冒険者と気になっていたが、どうやら杞憂だったようだな」

　安堵するザイオンさんを見て、俺はようやく自分の方が怪しく映っていることに気づいた。

　冒険者活動で得た信頼と実績があるリズとは違い、俺はまだギルドに登録をして日が浅く、駆け出し冒険者に分類される。二度にわたって高級な肉を大量に持ち運び、報告書をわかりやすくまとめたものの、どちらも良い意味でギルド職員を驚かせた。

　でも、逆に何か裏があるのではないか、と疑われていたんだ。

　その証拠に、冒険者ギルドの資料を手にしたザイオンさんが、エレノアさんに意見を求めるように見つめる。

「短い付き合いですが、私も悪い方だとは思いません。受付カウンターを埋め尽くすほどの肉を取り出し、解体班が感心するほど解体も丁寧で、報告書もわかりやすいです。リズちゃんの言葉に納得できますし、他のギルド職員も良い印象を持っていると思います。あと、ギルド規約を読まれるくらいには真面目です」

　急に真面目のハードルが下がった気もするが、良い評価を付けられるのはありがたい。心からギルド規約を読んでおいてよかったと思ったよ。

「詮索するつもりはなかったが、ギルドマスターの責務の一つだ。冒険者ギルドが優秀なサポーターを探しているとはいえ、本来は注目されるような職ではない。ギルド職員が噂をするほどの人物となれば、怪しく思えてくる。気を悪くしないでくれ」

俺も『肉王子』として注目されるとは思いませんでしたよ。

「おっしゃりたいことはわかりますので、気にしていません。俺はあくまでクラフターなので、素材採取をするために、このまま冒険者活動を続けたいと思っています。金が貯まったら土地を買い、自分の家を建築するのが理想ですね」

「確かに、こいつは変わり者だな。素材採取をするために冒険者活動を続けると言い切るクラフターを、俺は初めて見た。しかし、インベントリの容量を考慮すると、サポーターは天職になるだろう。今回のような高級食材は需要が高く、金貨百枚は優に超えるからな」

ブラックオークの肉が大量に手に入ったことで、ザイオンさんは口がニヤけている。エレノアさんも臨時ボーナス案件だと言っていたくらいだし、売値は金貨百枚どころではないはずだ。

そんなあなたに朗報です。

「まだ三体分しか出していないので、あと六体分は納品する予定です。ギルドの倉庫に入るようでしたら、この後お持ちしましょうか？　二体分はうちのパーティで食べる分として残しますが」

最初の威圧感のある姿はどこへいったのか、ザイオンさんがポカーンとしてしまった。

こいつは何を言っているんだ？　という雰囲気を漂わせるなか、同じような気持ちになったであろうエレノアさんと共に、リズの方を見る。

「私、言いましたよね？　ミヤビは普通という感覚を持たない人で、理解できないことを繰り返しますから、意見は揃えきれない、と。生産ギルドの管理する倉庫が人間になって歩いている、そう思っていただけると一番いいと思います」

「悪い、聞こえなかった。もう一度言ってくれないか？」

「安心してください。私も一度は聞き流しましたし、考えることを放棄しました。純粋な事実のみの報告ですが、彼は歩く倉庫です。ブラックオークの他にも、森が作れるくらいの木材を持ち運んでいますので」

　事実だけを報告されれば、何も言い返せない。自分でも歩く倉庫みたいなものだと思っている。

「こんなに頭に入らない報告は初めてだ。言葉が耳を素通りして、まったく理解できない。念のために確認するが、十一体のブラックオークをすべて解体して持っているのか？」

「はい。出しましょうか？」

「いや、インベントリに余裕があるなら、そのまま持っていてくれ。冒険者ギルドで買い取りできるとありがたいが、品質が落ちる前に売ろうとすれば値段が落ちるし、希少価値があるから高値で売れる。自分でも何を言っているのかわからないが、毎月一体ペースがいいと思うぞ」

「そうですか。では、定期的に卸す形にしますね。ちなみに、皮や牙や骨は売れないですかね？骨は少し手元に置いておきたいので、全部は出せないんですけど」

「……納品できるものは、すべて買い取ろう。エレノア、ギルドの倉庫に案内してやれ。どれだけの量が入っているのか、俺には予測できん。調査報告書もこのまま受け取り、改めて情報を精査するとしよう」

「わかりました。一応、職員以外は立ち入り禁止の場所になりますので、リズちゃんは遠慮してくださいね」

「はい、大丈夫です。じゃあ、私はギルドの図書館に行ってるから。今日はもう、自由行動でいいよね」

「そうだな。気を付けて行ってこいよ」

　そのままリズとは部屋で別れて、エレノアさんと一緒にギルド倉庫へ向かう。歩く倉庫ってなんだ、というザイオンさんの言葉が聞こえてきたから、相当受け入れがたいことだったんだなーと思った。

＊＊＊

　エレノアさんに連れられて、受付カウンターの裏に通されると、解体場へと繋がっていた。

　何人もの屈強な男たちが魔物を解体するなか、目が合うたびに「おっ、肉王子」と呟かれる。裏で呼ぶ分には構わないけど、本人を前にして言うのはやめてほしい。さすがにその二つ名は恥ずかしいだろう。

　普段は冒険者が足を踏み込まない場所のせいか、必要以上に注目を集めながら歩いていくと、関係者以外立ち入り禁止の大きな倉庫に案内された。

　中に入ってみると、色々な魔物の素材が置いてあって、少し薄暗い。外よりも空気が冷たいのは、倉庫内にある冷凍庫から冷気でも漏れ出ている影響だと思う。

「倉庫内のものと区別するために、こちらに置いていただいてもよろしいですか？」

　入り口で呆気に取られている間に、近くにある大きな机までエレノアさんが移動していたので、急いで向かった。

「思っていたより大きい倉庫でビックリしました」

「こちらはミヤビさんのインベントリの大きさにビックリしていますよ」

　実際に倉庫を見ながら比較すると、ドン引きするレベルだな。この倉庫よりもインベントリの方が大きいなんて、口が滑っても言えないぞ。

「納得しました。買取してほしいものを出しますね」

　後で整理しやすいように、皮・牙・骨を机の上に分けて置いていく。さすがに十一体分のブラックオークの戦利品ということもあって、ギリギリ机の上に載る量になった。

「一応伝えておきますが、これだけでもBランク冒険者パーティが二組で狩りをして持ち帰ってきた、という量よりも多いです。重い肉を持ち運ぶなら、もっと量は減りますよ」

「冒険者って大変ですよね。疲労が溜まる帰り道で、重い荷物を運ばなければならないなんて」

「最近は無理に運ぼうとされる方も多いですが、元々は依頼報酬がメインです。納品依頼でなければ、素材の持ち込みは臨時ボーナスみたいな感覚でしたよ」

……感覚でした？　受付嬢にしては、随分と冒険者寄りの思考だな。

「受付の仕事が長いと、そういう話も冒険者さんから聞かされるんですか？」

「いえ、三年ほど冒険者活動をした実体験になります。パーティ解散と共にギルドに就職して、今はもうサッパリですが」

懐かしむような遠い目をしたエレノアさんは、ブラックオークの牙を手に取り、ジーッと眺めていた。

魔物が溢れる世界だし、あまり良い思い出ではないのかもしれない。パーティを解散せざるを得ない状況にあった……と考えると、深く聞かない方がいいだろう。

「そうなんですね。エレノアさんは綺麗な方なので、冒険者経験があるとは思いませんでした」

「ミヤビさんも冒険者とは思えないほど、自然にお世辞が言えるんですね。やっぱり貴族出身なんですか？」

「貴族とは遠い存在になる、ただの一般人ですよ。本当のことを言っちゃうくらいには、素直なだけです」

「どちらも嘘と言われた方が納得できるのですが……。それにしても、本当にミヤビさんは解体が上手ですね。牙の根元から採取するのは難しくて、傷がつきやすいんですよ？」

解体の記憶まで蘇ったのか、エレノアさんが素材の状態を確認し始めた。目を細めたり手で触ったりと、傷が付いていないか細かくチェックしている。

「えーっと、元々クラフターなので、手先が器用なだけですよ。ハハハ……」

今のエレノアさんに、インベントリの【素材分解】機能です、と言ってしまうと、とんでもない呆れ顔が返ってくるだろう。

そこまで空気が読めないわけではないので、ぎこちない笑顔で乗りきることにする。

「むぅ……。骨の関節部分も筋肉が強固に付着していて、解体が難しいはずなんですが」

真剣な眼差しで素材のチェックを続けるエレノアさんが唸り始めても、広々とした倉庫から誰かが様子を見に来ることはなかった。

魔物の素材を確認している最中に申し訳ないが、二人きりになったのであれば、相談したいことがある。異世界での知り合いは少なく、他に頼れる人がいないんだ。

「あの〜、魔物の戦利品と言ってはなんですけど、もう一つ提出物を出してもいいですか？」

「何でも出してください。もう驚きませんから」

結局、エレノアさんに呆れ顔を向けられたまま、俺は小さな六枚のカードを取り出した。すべてに名前と『D』の文字が刻まれた、冒険者カードになる。

「見つけられていましたか……。名前を確認しないとわかりませんが、数は一致します。行方不明になっている冒険者のカードと判断して、間違いないでしょう」

討伐したブラックオークを回収する際、集落の周辺にはたくさんの骨があった。魔物を餌にしていたから、ウルフやゴブリンのものばかりだと思っていたし、ハッキリと見たわけではない。でも、冒険者カードが落ちていたということは、そういうことなんだろう。

「ブラックオークが戦闘で使っていた武器も、鉄製で体格に合っていませんでした。依頼を受ける前から予想はしていましたけど、実際に見つけると、後味が悪いですね」

「結婚されて間もない男性が一人いらっしゃいましたし、行方不明のまま淡い期待にすがるよりは……という感じです。冒険者という道を選んだ以上は仕方ありません」

確かに、帰ってこない旦那を待ち続けるよりはいいかもしれない。まだ気持ちの整理が付けられるし、手を合わせることだってできる。淡い期待を砕くことにはなってしまうけど。

今回は直接関わった人でもなく、事後に受けた調査依頼であり、俺とリズに責任はない。それでも、同業者という身近な人の死を実感すると、思っている以上に心に刺さるものがあった。

「そういうところは、年相応の心をお持ちなんですね」

苦笑いしたエレノアさんに見つめられ、思っている以上に自分の表情が強張っていることに気づく。

「経験が少ないだけで、心の整理の付け方がわからないんですよ。知らない人ですけど、幸せだったんだろうなーと思うと……余計に何とも言えなくて」

「だから、冒険者カードを隠して持ち込み、リズちゃんがいない間に渡そうと思われたんですか？　調査依頼を終えたばかりの彼女が知れば、ミヤビさんよりも心が折れてしまいそうですもんね」

的を射るようなエレノアさんの言葉に、俺は何も言い返すことができなかった。

リズと長く接してきた影響なのか、エレノアさんも似たような経験をしてきたのかは、わからない。ただ、大人の女性には敵わないなーと思うのと同時に、どこかホッとするのがわかった。

勝手にリズの分まで背負い込んでいた、そう教えてもらった気がしたから。

心を見透かされるように真っすぐな瞳でエレノアさんに見つめられると……、俺は心の拠り所を求めているんだと気づかされる。

　リズがお姉さんと慕う気持ちもわかるよ。聞き上手というか、弱みを見せてたところに入って支えてくれるというか、自然と頼ってしまうような優しい雰囲気がある。

「初めて調査依頼に挑戦しましたから、大成功のままで終わらせてあげたいじゃないですか。リズは慣れない作業もずっと頑張っていましたし、自分のせいではないとわかっていても、責任を感じて落ち込むかもしれません」

「おっしゃる通りです。リズちゃんは精神的に脆《もろ》い部分がありますし、受付の私を心の拠り所とするくらいです。調査依頼の受理を断ろうかと頭によぎったくらいには、まだまだ不安定な子ですね」

「やっぱり気づいていたんですね。本人は内緒にしているみたいですけど、エレノアさんは理想のお姉さんらしいですよ」

「まあっ！　いつの間にか可愛い妹ができていたんですね。もう少しお姉さんっぽく振る舞おうかしら」

　頬に右手を添えて考えるエレノアさんは、思っている以上に嬉しそうだった。過去に冒険者をやっていた自分と照らし合わせて、冒険者を頑張るリズを応援しているんだろう。

「今のままでも十分にお姉さんなので、大丈夫だと思いますよ」

「ミヤビさんは、大人っぽくてお兄さんみたいですね。年頃の男の子は、もう少し女性を褒めることに躊躇しますよ」

「エレノアさんが魅力的なお姉さんすぎて、素直な感想しか出てこないだけです」

「そういうところですよ。おだてなくても買取額は高値がつくと思いますので、心配しないでください」

　買取額を上げるために言っているわけではありませんが、サラッと流すエレノアさんが一番大人だと思います。

「ついでに、もう一つ内緒のお願いを聞いてもらってもいいですか？」

「リズちゃんが関わるのであれば、お姉さんなので、聞くだけは聞きましょう。あくまでギルド職員ですから、無茶なお願いは承れませんが」

「ありがとうございます。でも、リズは関係ないというか、バレると恥ずかしいというか。今回の調査依頼で俺が受け取る依頼報酬を、未亡人になった方に裏で回してもらえないかなーと思いまして」

　エレノアさんが目をパチクリさせるくらいには、自分で馬鹿なことを言っている自覚がある。知らない女性に金を渡すなんて、正気の沙汰とは思えない。

　でも、『ユメセカイ』で建築した『月詠の塔』で、俺の世界観は変わってしまった。毎日何十通もの結婚報告を受け取り、幾人もの幸せなカップルたちを目の当たりにしてきて、何もしないというのは考えられないんだ。

あんなに幸せそうな思いで結婚した人たちが一生会えなくなる……そう思うだけで、胸が張り裂けそうになる。

「依頼報酬はパーティで平等に分配しますから、半分を回していただければ構いません。さすがにブラックオークの買取分まで回す気はありませんけど、そうしないと、俺が引きずりそうなので」

知らないカップルたちの結婚を祝いすぎた結果、自分に関係ない人にまで感情移入するなんて。今までの自分なら考えもしなかったよ。

いつの間にか、お人好しで損な性格になってしまったみたいだ。

「冒険者ギルドとしては構いませんが、本当によろしいんですか？　私の経験から推測すると、森の調査依頼にブラックオークの討伐代も組み込まれて、かなりの額になります。金貨百枚は優に超えると思いますよ」

「ブラックオークの素材を買い取ってもらえれば、それ以上になると思います。生活に支障は出ませんし、初めての依頼で同業者の死を目の当たりにして、何もしない方が後味悪いんです」

大きなため息を吐くエレノアさんは、大人なだけあって、一般的な感覚を持っていると思う。優しさだけでは生き残れない、そんな非情な現実がわかっているに違いない。

「大人っぽい男の子かと思っていましたが、まだまだ考え方が甘すぎます。リズちゃんとパーティを組むのは、お人好しな性格でないと務まらないのかもしれませんね」

「ケジメみたいなもので、心の整理に必要な出費なんですよ。協力していただけると助かります」

「……わかりました。亡くなった冒険者に見舞金が集まるケースがあります。今回はそういう形で処理しましょう。でも、関わりのない冒険者の死に、深く感情移入をしないように気をつけてください。今回に関しては、私が余計なことを言ったのも原因の一つですが」

　依頼がランクで分けられているとはいえ、魔物と生死をかけた戦いをするなら、絶対に勝てる保証はない。今回みたいに予期せぬ魔物と相対することだってあるはずだ。

　命の重さは同じでも、異世界では珍しくないのかな。こんなことに慣れたくはないが、自分で気持ちの整理を付けられるように、心の準備はしておこう。

「行方不明の冒険者たちのことが気になっていたので、教えてもらえて助かりました。自分でもこんなことをする人だったんだなーと、不思議に思います」

「そんなことばかりしていては、破産しますよ。今まで私が受付を担当した人でも、亡くなった方の家族に依頼報酬の半額を寄付したい、と言った人は一人だけいますが、全額を渡そうとする人はいません。生活ができなくなれば、本末転倒ですからね」

　優しく諭すように話してくれるエレノアさんのおかげもあり、自然と心が落ち着き始めることを実感する。

　こういうところがリズも好きなんだろうなーと思っていると、不意に、エレノアさんに満面の笑みを向けられた。

「でも、そういう甘い考えは素敵だと思います。お金を受け取る方が、前を向いてくれるといいですね」

先ほどまでの難しい顔から一変したエレノアさんの笑顔に、俺は必要以上にドキッとしてしまう。

こういう美人の笑顔に弱いから、今まで色々と声をかけてきたのに、恥ずかしい。自分で顔が熱くなっているとわかるくらいには、感情がコントロールできそうになかった。

「……ありがとうございます」

「あらあら、色々と子供っぽい部分もありますね。褒めるのは得意でも、褒められるのは弱いんですか？」

「いや、本当にエレノアさんは美人なんで、不意を突かれるとダメなんですよ。リズがお姉さんと慕う気持ちもわかりますので」

「ふふふ、今日は可愛い妹と弟が一緒にできちゃいましたかね、ミ～ヤビく～ん」

「ほ、本当に勘弁してください。恥ずかしいんですよ」

弱音を吐いた俺を元気付けようとしてくれたのか、普通にからかわれているだけなのかは、わからない。ただ、エレノアさんの優しい瞳に見つめられると、心が癒されていく。

……悪い気はしないが、やっぱり恥ずかしいな。

「すぐに顔が赤くなって、可愛いですね。どうして目を逸らすんですか、ミヤビく～ん」

この日、俺はリズと完全に意見が同調したことだろう。優しく励ましてくれる心の広いエレノアさんは、慕うべきお姉さんであるべきだ、と。

九章 × のんびり祝勝会

冒険者ギルドに調査依頼の報告を終えて、二日が過ぎると、俺とリズはギルドの別室に再び呼び出されていた。

向かい合って座るのは、ギルドマスターのザイオンさんではなく、受付嬢のエレノアさんだ。資料の代わりにドンッ！　と置かれている袋は、今回の報酬金と見て間違いない。

「冒険者が二組も行方不明になる森の調査依頼で、報酬が出来高になっていました。ブラックオークの集落を迅速に対応していただいたことも考慮して、報酬金は金貨百八十枚となります。異論はございませんか？」

調査依頼だけで、日本円にして百八十万円である。思わず、リズとゴクリッと喉を鳴らし、ウンウンと頷くことしかできなかった。

今回の依頼で亡くなった家族に寄付する俺には、あまり関係のない話だが。

「わかりました。次にブラックオークの買取ですが、こちらも大金になりましたね。皮は日用品に使う程度で安価になりますが、骨と牙は粉末にして薬の材料とするため、金貨百七十五枚。新鮮な肉が三頭分ありましたので、金貨百八十五枚。すべて合わせて、金貨三百六十枚になります」

エレノアさんが重そうにドシンッ！　と机に置いた袋は、先ほどの倍の大きさだ。一人あたり金貨百八十枚、日本円で百八十万円である。依頼報酬金を受け取らなくても、完全に儲けすぎだろう。

当然、依頼報酬金ももらう予定のリズは、放心状態になってしまったが。

「私の金銭感覚が壊れてなければ、買取素材だけで、調子が良いときの三か月分くらいあるんだよね。さすがに大金すぎるよ……」

「三か月分と聞いても多いと思うけど、もっと金銭感覚が壊れそうなことを言ってもいいか？」

「言わないで。インベントリ内にあるブラックオークの肉、六頭分を売却予定の話は絶対にしないで」

「気づいてないかもしれないが、自分で言っているぞ」

普段から依頼報酬金を冒険者ギルドに預けているリズは、大量の金貨を目の当たりにする機会がないのかもしれない。袋に入っているとはいえ、ジッと見つめたまま目が離せないでいる。

「Cランク冒険者のリズちゃんでも、一回の依頼で金貨百枚を超えたら、かなり多い額ですからね。混乱する気持ちはわかります。リズちゃんは冒険者ギルドで預かると思いますが、ミヤビくんはどうされますか？」

「俺の分も預かってください。インベントリに大金を入れておくのは、さすがに落ち着きません」

「わかりました。では、二人ともお預かりしますね。あと二つご案内があるんですが、どちらもミヤビくん宛になります。一つは、冒険者ランクをDランクまで引き上げることになりました」

何の前触れもなくランク昇格を言い渡されたため、リズと顔を合わせて驚いてしまう。

パーティで依頼をこなしているとはいえ、俺はただの荷物運びみたいなものだ。一人で冒険者活動をすれば、Fランクの依頼でも躓くと思うんだが。

「大丈夫ですか？　俺、ほとんど何もしていないですよ」

「サポーターが活躍する場面は限られますし、ギルドの貢献度と、今後の期待を込めての昇格になります。個人的な見解としては、Fランク冒険者が大金を稼ぐ姿を同業者にあまり見せたくない、という意味が大きいと思いますよ」

「あぁー、納得しました。揉め事が起こる前に対策を取ってくれたんですね」

大量に魔物の素材を持ち込めば相場も下がるし、依頼を失敗して収入が得られない人もいる。生活に欠かせない食料は別としても、低ランクが稼ぎすぎると面白くは見えないんだろう。喧嘩っ早い人に目を付けられる前に、ランクを上げてくれたんだ。

もしかしたら、俺のヘイトを下げるために『肉王子』という珍妙な二つ名を付けてくれた可能性も……それはないか。

「ギルドマスターが優秀なサポーターと判断したかはわかりませんが、ミヤビくんに冒険者ギルドから離れられると、大きな損失に繋がるのは事実です。色々考慮した結果でしょう。こちらの二つ目の案内も、それに繋がると思います」

スーッと差し出された封筒には、『紹介状』と書かれていた。

「土地を購入したり、借りたりする場合、商業ギルドに渡してください。多少の融通は利くはずですし、今後も同じくらい稼ぐのであれば、近いうちに必要になると思います。パーティで拠点を持たれる程度なら、すでに十分な利益だと思いますよ」

「わざわざ書いてくださったんですね、助かります。俺が一方的に建築したいだけですし、どういう形になるかわかりませんが、ありがたく使わせてもらいますね」

「そうしていただけると、冒険者ギルドも助かります。商業ギルドに引き抜かないでください、という意味合いが強いだけですので。土地を買ってくだされば、この街を拠点に活動されることになりますし、ミヤビくんを引き留めておきたいんだと思いますよ」

　他の冒険者よりも素材を卸せることを考えれば、冒険者ギルドに大きく貢献するのは、間違いない。インベントリの中は腐らないし、最悪は食糧庫にもなる。最近は一段と寒くなってきたし、雪が降って魔物が狩りにくくなれば、留めておきたい気持ちもわかるが……。

「そんなことまで言っても、大丈夫なんですか？　聞いてはいけない気がするんですけど」

「裏事情に鈍そうな二人ですし、素直に言っておいた方が信頼関係を築けると思っただけです。それに、こういうことを話しておくと、貴族街のカフェでご馳走してくれる方もいますから。ねっ、リズちゃん？」

　チラッとリズを確認すると、何とも言えない顔で頬がピクピクと動いていた。

「仕方ないじゃん。女の子が一人で生きるには、厳しい世の中なんだもん。頼れる人には頼った方がいいかなーって」

　リズの言うことには、納得ができる。お人好しな性格のリズが生きるには、エレノアさんみたいにしっかりした人がいてくれた方が、変なトラブルに巻き込まれにくくなるはず。

　どちらかというと、理想の姉と慕う反面、御馳走をしてあげる側なんだなーと思っただけだ。Cランク冒険者の方が受付嬢よりも利益はあるだろうし、エレノアさんに悩み相談する口実として誘うには、無難な方法だと思う。

「あっ、リズちゃんにも一つだけ案内があるのを忘れていました。行方不明になった冒険者が二週間も安否確認が取れないため、亡くなったものと推測します。いつもと同じように、依頼報酬を半額寄付する形でよろしいですか？」

「はい、お願いします」

　どこかで似たような話を聞いた俺は、最近の記憶を呼び起こす。

　依頼報酬を全額寄付する話をしたとき、確かエレノアさんはこう言っていた。

『今まで私が受付を担当した人でも、亡くなった家族に依頼報酬の半額を寄付したい、と言った人は一人だけいますが、全額を渡そうとする人はいません』

　お前だったのか、リズッ‼　パーティで似たようなことをやるんじゃないよ！

　当然、何も知らないリズと目が合うと、恥ずかしそうに口を尖らせた。

「私のお金なんだもん。どう使ってもいいでしょ。自分でも甘いとは思うけど、後で知るのは嫌だし、エレノアさんにお願いしてるの。こうしないと、心が折れそうになるときがあるから」

すべてを知っていたエレノアさんの顔を見ると、パチッと可愛いらしいウィンクが送られてきた。

どうりで冒険者ギルドの裏事情までペラペラと話してくれるわけだ。こんなお人好しパーティを放っておいたら、どこかで野垂れ死にしそうだもんな。

「リズ、大丈夫だぞ。俺、もっと甘い人を知っているから」

何も知らないリズは首を傾げているが、エレノアさんはクスクスと笑っていた。

なんだかんだで手助けしようとしてくれるエレノアさんも、お人好しなのは間違いない。本当にリズと一緒に妹と弟に認定され、甘やかされているみたいだ。

だんだんとエレノアさんが、俺にも理想のお姉さんに見えてきたな。優しい人に面倒を見てもらえるのは悪くないが、人前でからかわれないことを願うよ。

大金を入手した俺たちは、色々と気遣ってくれたエレノアさんに感謝の言葉を告げ、部屋を後にする。

優しい笑顔で見送ってくれるエレノアさんに二人で手を振っていると、本当に距離が近くなったなーと実感した。

＊＊＊

冒険者ギルドから出てきた俺たちは、合わせたわけでもないのに、二人でグーッと体を伸ばす。

依頼をやりきった達成感で満ち溢れていて、清々しい気持ちになっているんだ。

　これで正式に調査依頼が終わったと思うと、重荷から解放された気分になるよ。

「護衛依頼でもないのに、長い依頼だったねー。一か月くらい頑張ってた気がするもん」

「緊張感を持ち続けて依頼に挑んでいたし、毎日ヘロヘロだったよな。魔力管理するのは大変そうで、本当にお疲れ様って思うよ」

「慣れるまでは大変だったかな。でも、ミヤビも調査が終わった後、毎日夜遅くまで資料を作ってくれてたんでしょ？　森の探索ルートの参考にもしてたけど、明らかに描くのが早かったもん。だから、お互い様なところはあるよね」

　目を細めて見つめてくるリズは、それくらいはお見通しだよ、と言いたそうに得意気な表情をしている。

　毎日疲れ果ててすぐに寝ていたはずなのに、そういうところは気が付くんだよな。お互いに自分の仕事を頑張った、ということにしておこう。

「それで、まだ昼ごはんまで時間があるけど、これからどうする？」

「うーん。いったん別行動を取ろっか。個人的な買い物もしたいし、昼前に西門集合ってことで」

「わかった。せっかく大金も入ったことだし、俺は物資を調達してくるよ。まだまだ欲しいものがいっぱいあるんだ」

「無駄遣いしても、出会った頃みたいに貸さないからね。まあ、一日で使いきれそうな額でもないけど。じゃあ、また後でね」

背中から羽でも生えたかのように、リズはスキップをして街の中に消えていった。

言い残していった台詞は大人っぽいのに、行動は子供っぽいよな。自分の小遣いでお菓子を買いに行く娘にしか見えなかったよ。

リズを見送った後、俺も買い物をするために歩き始める。

最近はずっと一緒にリズと行動していたし、こうして一人で街をブラブラするのも、久しぶりだな。良い天気で街も活気に満ち溢れているから、普通に歩いているだけでも気持ちがいい。

このままゆっくりと買い物をしたい気持ちはあるが、昼ごはんまでの時間が限られているため、できるだけ早く済ませた方がいいだろう。

ワンランク上のクラフトアイテムを作るために、装飾できるものが欲しいんだよなー。

早速、買い物をしようと雑貨屋さんに立ち寄ると、不穏な視線を感じた。以前に爆買いをしていた店だったからか、俺に対する店員さんの目つきが違う。

おそらく、顔を覚えられているに違いない。貴族ほど丁寧に接客しなくてもいいのに、売り上げにグッと貢献する客となれば、もはや店側にとっては、ボーナスタイムみたいなもの。

何度もこっちをチラチラと確認してくるので、間違いないだろう。

これはもう……、期待に応えるしかないよな。財布の紐が緩々になるほど稼げたし、店員さんの後押しがあるなら、買いにくい商品も手に取りやすくなる！

女性向けの花柄の生地だったり、大人っぽいレース素材だったり、肌触りの良いシルクだったり。妹に頼まれたという設定を作り、店員さんに協力してもらいたい！

異世界を快適に暮らすために、今だけ不名誉な肉王子の二つ名を捨て、『爆買い王子』に生まれ変わるんだ！

買い物かごを二つ持ち、次々に商品を入れていくと、店員さんがすっ飛んでくる。

やっぱり顔を覚えられていたんだなって、確信したよ。今日は前回よりも爆買いする予定なので、早く女性ものの商品がある場所へ案内してください。

二人がかりの丁寧な接客を受け、新商品や売れ筋商品を紹介されるなか、「妹の好みは花柄なんですよね～」と、必要以上に妹がいるアピールをして、買い物を進めた。

結局、この後も他の店で同じように爆買いを続けた俺は、とても有意義な時間を過ごしたが、リズの警告通りに無駄遣いしていることに気づく。

こんなことしていたら、いつまで経っても土地が買えないと、さすがに反省するのだった。

＊＊＊

冒険者活動の経費と割り切って買い物を済ませると、待ち合わせ場所の西門でリズと合流した。

大金を手にしたにもかかわらず、控え目な買い物で済ませたリズの袋は小さく、堅実な彼女らしさが現れている。

この街で買い物をするとき、爆買いしなければいけない雰囲気になった俺とは違うね。欲求を抑えきれなかった自分が恥ずかしいよ。

　絶対に買い物の話はしないと心に決め、二人で街の外に向かい、見晴らしのいい草原まで歩くと、今日はここで昼ごはんを食べる。

　パーティで初めて難易度の高い依頼をこなしたから、祝勝会ってところかな。ちょうど戦利品でブラックオークの肉を獲得していたし、二人で食べるのを楽しみにしていたんだ。

　今日はいつもの休憩セットを使わず、雰囲気を出すために、石ブロックをポンポンポンッと取り出していく。

　向かい合って座れるように【ハンドクラフト】で加工して、座っても尻が痛くならないようにクッションを敷いておく。あとは、その間にある石ブロックを円形に加工すれば、岩石プレートが誕生する。

　初めての森の調査依頼を祝う料理といえば、やっぱりこれしかないだろう。

「冒険者だもん。たまには豪快に肉を焼かないとね」

　そう、焼き肉である。自然豊かな草原のなかで、貴族が好む至高のブラックオークを石の上で焼いて食べるという贅沢な昼ごはん。クラフト料理は手軽でおいしいが、こういったのんびりとした食事も悪くない。

　ちなみに、危険な魔物がいない場所に街を建設するため、街の近くで焼き肉をしても弱い魔物しか近寄ってこないそうだ。魚みたいな強烈なニオイが出るものなら、話は別だが。

　早速、岩石プレートで焼く準備をするため、魔力を流していく。

普通なら火で熱する必要があり、薪の準備や温度の管理など色々あるが、その心配はいらない。

「付与魔法《エンチャント》：火」

強めに付与魔法を施せば、すぐに熱々の岩石プレートが完成する。試しに革袋に入れてある水を垂らすと、ジュワーッ！　と高熱を帯びていることが確認できた。

次に木ブロックで作った机に食材を置き、インベントリの【素材分解】機能を使い、カットしたブラックオークの肉と野菜を用意する。肉は下味に塩と胡椒をまぶしておいたが、薬味も用意しておこう。

刻みネギ・大根おろし・大葉を添えれば、準備万端かな。

「よし、やるか！」

「うん！」

早くも笑みがこぼれる俺たちは、互いに木を【ハンドクラフト】で加工したトングを使い、肉を焼いていく。

時間のかかりそうな野菜を先に並べ、厚切りにしたブラックオークの肉を乗せると、ジューッ！　と良い音が鳴り響いた。

高熱を帯びた岩石プレートの遠赤外線効果もあるのか、おいしそうな肉の香りが漂うものの、煙は少ない。ブラックオークの肉から滲み出る脂も石に染み込んでいくため、思っている以上にヘルシーな仕上がりになりそうだ。

我慢できない思いをこらえ、赤身の焼き加減を見てひっくり返せば、焦げ目がなく綺麗な焼き色に。ぷっくらとした厚みのある肉には、見ただけで旨みがギュッと濃縮されていることが伝わってくる。

なお、リズがチラチラと様子を窺ってくるため、リズの分の肉も代わりにひっくり返しておく。

「もしかして、こういうのは初めてか？」

「えへへっ、バレちゃった？　ソロ冒険者として活動していると、肉を焼く機会がないんだよね。たまに護衛依頼で交ぜてもらう程度で、滅多にやらないの」

「肉を焼いている途中に魔物が寄ってきたら、大変だもんな。下手に焦がしてしまえば、ニオイがきつくなって、周辺の魔物を引き寄せるだろうし」

「危険だけは避けないと、一人で冒険者活動はできないんだよね。朝と夜は宿で食事が取れるから、栄養不足で体調不良を起こすこともなかったし、効率を重視すると干し肉が便利で、昼ごはんはだらけちゃうんだー」

どうりでウキウキしていると思ったよ。冒険者らしい行動ができて嬉しいんだろう。

「子供の頃を思い出すよね！」

「それは父親との思い出だな」

リズの分の肉を焼いている影響か、また父親ポジションになりながら、護身用ナイフを取り出して、肉に切れ目を入れる。中までしっかり火が通っていることを確認した後、食べやすいサイズにカットして、早速いただくとしよう。

焼き立てのブラックオークの肉を箸でつかみ、余分な脂を落としてから口に運ぶと、その衝撃的な旨みに二人で目を丸くした。

「柔らかい肉だ」

「柔らか〜い」

　一噛みした瞬間、ギュッと詰まったオーク肉の旨みが解放され、肉汁が溢れ出してくる。その強い旨みに意識を奪われるが、甘〜い脂身が後を追いかけてきて、二つの味が合わさった。

　岩石プレートで焼いた影響もあるんだろうか。鼻に抜ける肉の香りが強いのに、コッテリとした印象を受けない。肉の味がしっかりとした赤身と、溶けるような脂身を下味の塩が引き締め、さらに甘みを引き立てている。

　追加で薄くスライスしたブラックオークの肉を焼き、刻みネギを包んで食べると、また全然違う顔を見せてくれた。

　ネギの辛みで淡泊とした味わいが強くなり、相性は抜群。大根おろしを包めば、朝から食べられそうなくらいサッパリして、大葉と一緒に食べると、肉の旨みが強調されるようにマッチした。

　ブラックオークの肉だけで焼き肉はちょっと無理があるかなーと思ったけど、まったく飽きそうにない。

「冒険者ギルドに卸す肉の量、間違えたかな」

「まだいっぱいあるはずだけど、来月以降は様子をみよっか」

　一度食べたら普通のオーク肉には戻れない。そんな心境になった俺たちの意見が同調するのも、無理はない。せっかくの祝勝会だし、今日は贅沢にいただくとしよう。

「待って。タマネギがすごい甘いんだけど」

岩石プレートの遠赤外線効果が、思っている以上に影響しているのかもしれないが。

＊＊＊

二人で満足するまで焼き肉をした後、魔物もほとんど寄ってこないので、そのまま食休みに日向ぼっこをしている。時間の流れがゆっくりと感じるほど、優雅なひとときだ。

寒い時期とはいえ、満腹状態で太陽の光を浴び続ければ、体がポカポカして眠くなる。ウトウトと心地はいいものの、生死に関わるため、寝るようなマネはしない。

森の調査依頼は緊張の連続だったし、たまにはゆったりと過ごすのもいいだろう。

満足感に浸るリズは、温かい茶を飲んでリフレッシュしているが。

「ねえ、ミヤビ。このままパーティを続けていくなら、パーティ拠点を作らない？」

突然、予想外の言葉を口にされたため、俺の心地いい眠気が一気に吹き飛んでしまう。

気持ちはわからないでもないが、リズと出会ってまだ一か月も経っていない。パーティを組んでいるとはいっても、拠点で二人暮らしになるのは、さすがに気が引ける。

一人で土地を借りるには金が厳しいだろうし、ありがたい申し出ではあるんだが……。

「エレノアさんから商業ギルドの紹介状をもらったし、俺も拠点が欲しいとは思っている。でも、パーティで借りようと思ったら、二人で生活することになるんだぞ？」

精神年齢は離れていたとしても、実年齢はリズの方が一つ上だ。周りから見れば、結婚していると誤解されかねない。

「私は大丈夫だよ。ミヤビは変なことする人じゃないし、パーティ拠点を持つのは、冒険者として誇らしいことなの。子供の頃みたいにお父さんと二人暮らしするみたいで、なんか懐かしいなーって思うくらいかな」

　俺という存在が実家のような安心感を提供していると言っても、過言ではない。土地を借りて家を建てれば、そのうちあだ名が『お父さん』に定着しそうで怖いよ。

「リズがいいならいいけど、この街の土地はいくらくらいするものなんだ？」

「ミヤビが家を建ててくれるなら、私が頭金を出すつもりだよ。土地を買えるだけのお金はないけど、金貨百枚もあれば、広いところが借りられるかな。いまの宿に泊まり続けるよりは安くなると思うの」

　風呂付きの高級な宿に部屋を取っているため、一泊あたり金貨二枚の出費で、二人合わせると、一か月で金貨百二十枚かかる計算になる。日本円に換算すると、百二十万円の出費だ。

　それを考えると、月々の出費が安くなる可能性が高い。

「一人だとキツいけど、パーティだといけそうな感じか。しばらくはブラックオークの肉もあるし、生活費や賃貸料は問題なさそうだな」

「今後も依頼を続ければ、魔物の素材ももっと売れるし……あっ、そうだ。いつもどこで魔物を解体してるの？　前から気になってたんだけど、私の知らない間に解体処理されてるんだよね」

「インベントリに素材を解体する機能が付いているんだよ。売れそうにないゴブリンの肉とかウルフの肉は、穴を掘って埋めてるかな」

　順応してきたリズが大きなため息を吐く姿を見れば、本当にエレノアさんに言わなくてよかったと思う。

「どういうインベントリをしているのか、一度じっくり観察してみたいよ。魔法よりも不思議な人は、この世でミヤビくらいかな」

「便利なものは、ありがたく使っておくもんだぞ。俺は魔物の解体作業なんて、絶対にやりたくない」

「私もやりたくないよ。気持ち悪いし、手が血生臭くなるし、時間をかけると魔物が寄って来るし。ミヤビとパーティを組み始めて、魔物の解体作業がなくなったことが一番ありがたいもん」

　この世界の住人でも、魔物の解体って抵抗があるんだな。Cランク冒険者のリズがこう言うくらいだし、想像以上にツライんだろう。

「ソロ冒険者だと、周囲の警戒をしながら魔物の解体作業するのか。それはしんどいな。今までパーティを組もうと思わなかったのか？」

「組んでた時期もあったけど、依頼をこなしていくと、色々合わなくなるんだよね。低ランク帯で慎重な冒険者は少ないし、体力不足の魔法使いは、足手まといにしかならないの。おまけに、動きの少ない後衛職が解体作業を担当することが多くて、一人の方が楽だと思い始めたかなー」

　危険を冒して旅をするのが、冒険だもんな。低ランク依頼で報酬が少ないときは、早くランクを上げたくなって、無理な依頼も果敢に挑みそうだ。

　自分のことを足手まといと言うくらいだし、失敗したときの風当たりが強くて、パーティを組まなくなったのかもしれない。

「その点、ミヤビは一緒にいても楽だね。戦闘以外のことは任せられるし、気遣い上手で私のペースに合わせてくれる。私が言うのもなんだけど、甘いというか、お人好しな性格だよねー」

「戦闘するリズとサポーターの俺では、役割が違うだろ……と思っていたけど、最近は自分でもそういう傾向があるんじゃないかと、思い始めたところはある」

　亡くなった冒険者の遺族に、リズより多く寄付するとは思わなかったよ。思い返せば、全額寄付はやりすぎだろう。お人好しのリズでも、半分で留めているというのに。

「今頃なの？　野営のことでも拠点のことでも、わざわざ女の子の気持ちを考えるのは、ミヤビくらいだよ。逆にやましい気持ちがあるのかと、普通は警戒するからね」

「なるほど、その通りかもしれないな。野営中にベッドで爆睡して、寝ぼけて俺のことを、お父さん、と呼んだリズの言葉は重いよ」

「あれは、ミヤビが変な真似をしないと信頼した結果であって……。あの、早く忘れてください。お願いします」

「言いふらすつもりはないけど、拠点を作れたとしても、寝坊しないように気を付けような」

「うっ……。善処、します」

　そこは、寝坊しない、と言い切ってほしかったぞ。寝坊するリズを起こしに部屋へ入るのは、さすがに抵抗が強い。プライバシーの侵害という概念がこの世界にあるかわからないし、父親ポジションにいたとしても、踏み込んじゃいけない部分もあるはずだ。

「拠点を持つにしても、商業ギルドで聞かないとわからないから、依頼が受けられそうにない日に聞きに行くとするか」

「うん、私もそれでいいよ。あと、拠点とは関係ない話で、一つお願いがあるんだけど……いいかな？」

「ん？　どうした？」

急にモジモジし始めたリズが、買い物をしてきたばかりの小さな袋を手渡してきた。問いかけようとしても、目線を外して、恥ずかしそうにしている。

何か言いにくいことでもやったのかなーと思って袋の中を見てみると、予想外のものが入っていて、俺は固まった。

「えーっと、私の肌着と靴下にも、温かくなる魔法を付与してほしいなーって」

白いハイソックスが三足に、薄いピンク色の肌着が三着もある。何気なくつかんで取り出したものの、リアルすぎる女性の肌着に戸惑いを隠せない。

リズの方から不審な視線を感じるが、どうしたらいいのかわからなくなった俺は、手元から目が外せなかった。

「念のために言っておきますが、新しく買ってきたものになります。お願いする身ではございますが、あまりジロジロ見られたくないので、早めに終わらせてもらえると嬉しいです。さすがに……警戒しますよ」

「ごめん。正直に言うと、同じことを考えていたんだ。でも、肌着を貸してくれ、とはさすがに言い出せなかったから。こうやっていきなり渡されると、どうしていいのかわからなくて」

「そんな気はしてたし、心配してないよ。最近は膝掛けとクッションも温かくなってて、色々と気遣ってくれてるのはわかってるもん。……ありがと、色々と」

「お、おう。付与魔法《エンチャント》、するわ」

　信頼してくれてるのは伝わってくるんだが、リズはたまーに男心をくすぐってくるんだよな。恥ずかしそうに顔を赤く染められると、さらにグッと来るというか……。

　何気ない食後の休憩中にお願いされ、ちょっとした緊張感があるなか、リズの肌着に付与魔法を施すことになった。

　ジッと見守られていると、やりにくくて仕方がない。明日渡すと言いたいところだが、女性もののの肌着を一夜預かるわけにもいかず、この場でやるしかなかった。

「ミヤビの付与魔法《エンチャント》って、一般的な方法と魔力の流れ方が違うよね。どの方法を意識してるのかな。魔力と素材を二重結合して、ベナルークの魔力浸透法をベースに付与してるの？　それとも、デルーガの鎖状結合を意識してるとか？」

「そいつら誰だよ。ベナルークもデルーガも知らないし、急に魔法の理論をぶつけてこないでくれ。こっちはクラフターだぞ」

「だって、普通の付与魔術《エンチャント》はこうならないんだもん。気になるじゃん」

当の本人は呑気なもので、付与魔法の勉強会を始める始末である。その分、余計に注目されてやりにくくなったのは、言うまでもないだろう。

でも、こういうのんびりとした生活を好む身としては、嬉しい気持ちが大きい。急に異世界へやってきたけど、この世界には、俺の求めるものが溢れている。

「なんか、妙にニヤニヤしてませんか？」

「いや、ちょっと考えごとをしていただけだ」

「人の肌着を持って、何を考えてるの？　変なことじゃないよね？」

「違うぞ。リズと一緒にパーティが組めてよかったなーって考えていただけだよ」

「……変なこと考えてるじゃん。あっ、魔物が来た」

顔を赤くしたリズが立ち上がると、杖を持って動き出す。が、随分と遠くにいたゴブリンのことを言っていたみたいで、向こうはまだ気づいていない。

どう見ても戦闘にならなそうな雰囲気だが、余計なことを言わずに付与魔法に集中しよう。失敗して燃やしたら、あとで怒られるからな。

背を向けて立ち尽くすリズから目を離し、俺は肌着に魔力を流し続ける。

視界に映るリズの影が、いつまでも髪の毛を触っていることに笑みを浮かべながら。

番外編×リズとエレノアの食事会（リズ十五歳）

冒険者ギルドの明かりが消え、雲一つない満天の星空の下で、私はいま、ある人を待っていた。

仕事終わりで疲れた体をグーッと伸ばし、人通りの少なくなった街並みを歩いてくるのが、ちょうどその人になる。

元冒険者にもかかわらず、スタイル抜群で綺麗な肌を持ち、高ランク冒険者の男性に媚びることもなく、女性冒険者に優しくしてくれるエレノアさん。

私に姉妹はいないけど、エレノアさんがお姉ちゃんだったらいいのになーと、いつも思ってしまう。もしお母さんだったら、いっぱい甘えちゃうかも。えへへっ。

Ａランク冒険者になれなかったら、私も受付嬢になろうかな。後輩冒険者を見送ってあげたり、悩みを聞いてあげたり、アドバイスをしてあげたりして、大人っぽい女性になるの。

溢れんばかりの思いに背中を押され、エレノアさんに近づいていく。すると、何も伝えずに待っていたので、当然のように驚かれてしまった。

私だって、依頼報告のときに声をかけようとはしたよ。でも、周りに他の冒険者もいて、緊張して言えなかったんだもん。

行きたくなかったらどうしようとか、断られたらどうしようとか考え始めると、余計に誘いにくくて……。

「あの……夜ごはんを御馳走されたいとか、思いませんか？」

周りに人がいなくても、うまく誘えるかは別の話だけど。

そんな不安な気持ちが顔に出ているのか、エレノアさんは苦笑いを浮かべていた。

「特に予定はありませんので、お付き合いしますよ。もう少し普通に誘っていただけるとありがたいですが」

「すいません、緊張しちゃって」

「受付カウンターへ来るときと同じで、もっとリラックスしてください。何度もお食事している仲ではありませんか」

「は、はい……。善処、します」

誘われた側のエレノアさんにリードしてもらいながらも、私たちは一緒に貴族街のカフェへと向かっていく。

この街にも安い飲食店はあるけど、お酒を飲む人が多くて、落ち着いて話せる場所は少ない。そのため、エレノアさんと食事をするときは、必ず貴族街まで足を運ぶようにしていた。

その一番の目的は……。

「今回は何の相談ですか？　リズちゃんは言いにくい話をするときに黙る癖がありますから、すぐにわかりますよ」

「えっ!?　いや、その、夜空が綺麗だなーって……」

早くも気づかれるとは思わなかったため、アタフタと誤魔化してみる。しかし、効果は見られない。

「隠さなくても大丈夫です。リズちゃんがごはんに誘ってくれるときは、だいたい何かあったときですから。この前みたいに別れ際で泣かれても困りますので、早めに聞いておこうかと思いまして」

「そ、それは言わない約束じゃないですか。あのときは話の切り出し方がわからなかったんです。初めて依頼を失敗したので」

　ちょうどひと月前になるのかな。私が冒険者になって、初めて依頼でミスをしたときのこと。

　魔物の素材を納品する依頼があり、他のパーティと共同で依頼を受注。初めて組む人たちと良好な関係を築きながらも、魔物と対峙したときにうまく連携が取れず、素材を傷つけてしまったの。

　互いに責め合うことはなかったけど、あの帰り道の重い空気はずっと忘れないと思う。誰も会話せずに街まで歩き続けて、息が詰まるという言葉の意味を文字通り体験したから。

　さらに運が悪かったのは、その日はエレノアさんがギルドをお休みしていたことかな。後日、慰めてもらおうと夜ごはんに誘ったものの、なかなか言い出せなくて……。

　結局、別れ際に泣きじゃくって慰めてもらった。

　あの出来事から立ち直り、今度は別のパーティと組み始めたけど、またうまくいっていない。

　私がパーティに求めているものとは、少しずつずれ始めていた。

「三週間ほど新しくパーティを組んでいましたが、馴染めませんでしたか？」

うっ……と声が漏れ出てしまうほどには、ピンポイントで痛いところをついてくる。やっぱりバレているみたいだ。

自分のペースで進められるソロ活動と違って、パーティ活動はメンバー同士で息を合わせなければならない。それなのに、Ｄランク冒険者までソロで頑張ってきた弊害か、コミュニケーションがうまく取れなくて、ところどころ気まずい雰囲気になってしまう。

短期間の護衛依頼みたいな形は大丈夫でも、長期間のパーティ活動になると、日常会話がうまく続けられなくて……。

エレノアさんには何もかも見透かされているような気がして、私は観念するしかなかった。

「明日、パーティを抜けようかなって考えてます。やっぱり男性パーティに交じるのは、難しいのかなって」

「そうですか。若い冒険者では珍しい堅実なパーティでしたので、リズちゃんには合うと思いましたが」

エレノアさんの言う通り、私の性格に合った堅実なパーティだったのは、間違いない。男性三人の近接職だけのパーティで、魔法使いを必要としてくれていたし、戦術理解度も高くて、うまく連携も取れていた。

でも、このまま同じパーティで続けていく自信はない。私が彼らに求めすぎているだけなのかもしれないけど。

「悪い人たちではないんですよ。でも、ペースが合わないんですよね。歩くスピードが速くて、急ぎ足でないと置いていかれるんです」

「体格差のある男性と歩幅が違い、体力が持たない。前衛職だけのパーティや、男性ばかりのパーティにありがちな話ですね。言いにくいかもしれませんが、辞めることを考えるよりも先に、パーティで相談されてみてはいかがですか？」

　様子を窺うようなエレノアさんから顔を逸らした私は、首を横に振る。

「パーティメンバーが増えた分、一人当たりの報酬が減りますよね。その分、依頼を掛け持ちすれば急がないといけませんし、魔物素材を多く納品するなら、解体処理に時間がかかります。話し合いはしましたが、冒険者活動を続けるにはペースを落とせないみたいで……」

「それは難しい話ですね。前衛職は、武器防具のメンテナンスに多くの経費が必要になりますので、妥協できない部分なんでしょう。冒険者の命を守る大切な装備に、お金をかけたくなる気持ちはわかります」

　パーティを組む段階で、装備のメンテナンス費用の話は出ている。私の依頼報酬を減らし、そっちに当ててもらっているはずなのに、まだ足りないと言われたら、収入を増やす以外に道はない。

　冒険者の必要経費とも言えるし、メンテナンスを疎《おろそ》かにして、誰かの命に関わるよりはいい。でも、それで自分のパフォーマンスが落ちたら、一緒なわけであって……。

「結局、私の荷物を持ってもらう形でまとまったんですけど、あまり変わりませんでした。協力してもらっている以上、強くは言えないですし、揉める前にパーティを抜けた方がいいのかなーと」

「配慮していただいているのであれば、ランクが上がるまで様子を見てもいいと思いますよ。Cランクの依頼を受けられるようになると、報酬額で悩む機会は減ります。堅実なパーティなら、リズちゃんのペースに合わせてくれるはずです」

　エレノアさんの言うことは理解できる。低ランク帯で堅実なパーティは片手で数えるほどしかないし、確実にランク昇格ができる道を模索できるのは、私にとっても悪い話ではない。

　ましてや、互いに言い分を聞き合い、改善しようと話し合いができるのは、良いパーティの証拠だ。妥協案を出してくれているし、誠実な良い人たちだとも思う。

　だからこそ、もっと良い魔法使いを見つけてほしい。あのパーティには、私よりも相応しい人がいる気がする。

「リズちゃんの性格だと、後ろめたい気持ちが生まれて、難しいかもしれませんね」

「……はい。パーティを探すようになって、私は我が儘なんだなーっ思うようになりました」

　足を引っ張ったままでは、同じパーティで過ごせない。それをするくらいなら、私はソロ冒険者の道を選ぶ。

　でも、Aランク冒険者の道は険しくなり、夢が遠ざかるのは事実であって……。

　はぁ～と、自然に大きなため息がこぼれると、真面目に聞いていてくれていたエレノアがクスクスと笑い始めた。

「昔の私を見てるみたいです。色々なパーティを転々としていたので、気持ちはわかりますよ」

「エレノアさんでも、合わない人っていたんですか？」

「当然です。報酬で揉めたパーティや、解体作業を押し付けるパーティはすぐにやめましたね」

「えぇーっ！　気遣い上手で美人のエレノアさんでも、そんな経験をしていたなんて……。私みたいな我が儘冒険者は、もう無理じゃん。ソロ冒険者をやるしかないよ。

「後衛職が解体作業をやる風潮がありますけど、手伝ってくれないと心が折れますよね」

「パーティメンバーが増えると、魔物素材の持ち込みが増える分、解体作業も増えます。私はまず、解体処理の交渉から始めていましたね。後衛職だけに任せるのは、おかしいと思いますよ」

　わかるー！　魔力を温存させるために休ませてくれるよりも、解体作業を手伝ってくれた方が嬉しいんだもん！

　初対面だと言いにくいと思って避けてたけど、パーティに入る前に交渉するのって大事なんだなー。

　できるかできないかは、別にして。

先輩冒険者の意見に猛烈な勢いで相槌《あいづち》を打っていると、大事なことを教えてくれようとしているのか、エレノアさんが体を近づけてきた。

「あの血生臭いニオイが染み付かないように、冬場でも入念に手を洗った方がいいですよ。私の知り合いの冒険者は、それで苦しみましたから」

　反射的に手を後ろに隠してしまうのは、仕方がないことだろう。解体後はしっかり手を洗う努力をしていても、冷え性の私にとって、解体作業並みに厳しい行為だから。

冷たい水に我慢して手を洗うものの、徐々に手が痛くなり始める。指が固まるように動きにくくなり、川から手を取り出すと、いつも知らないうちに息を止めてしまう。必要以上に鼓動も高まるため、入念に手を洗うには限界があった。

「ニオイも嫌ですけど、冷たい川で入念に手を洗うのは、ちょっと……。戦闘に支障が出るというか、手が動かなくなるというか」

「パーティを組んでいれば、焚火で温めやすいです。すでに思考がソロ冒険者になっていませんか？」

「だって、やっぱり一人の方が楽な気がして」

「女性冒険者がパーティを組む難しさはわかりますが、ソロに慣れない方がいいと思いますよ。Ｂランク以上を目指すなら、パーティは必須です」

全面的に正しい意見を言われ、何も言い返すことができなかった。さすがに、もうソロ冒険者に慣れちゃった、とは言えない雰囲気になっている。

ジトーッとしたエレノアさんの横目を見れば、バレてるような気もするけど。

＊＊＊

エレノアさんと話して元気をもらっている間に、いつも二人で食事に使う貴族街のカフェに到着した。中に入ると、貴族ばかりで浮いた印象を受けるけど、高ランク冒険者も立ち寄るため、問題はない。

ウェイターさんに案内されて席に着くと、私がご馳走する約束をしているので、迷わず『贅沢Aセット』を注文する。

気遣ってくれなくてもいいですよ、とエレノアさんに言われるけど、一緒にいるときだけ不思議と財布の紐が緩々になるんだもん。何度も恥ずかしい姿を見せてるし、こういうところでバランスを取らないと、みっともない冒険者に思われちゃうよ。

あと、心が休まるエレノアさんと食事をするときくらい、贅沢をしたい。このひとときは、私にとって至福の時間だから。

スッカリ機嫌を良くした私がエレノアさんと話を弾ませていると、注文した料理が運ばれてくる。

新鮮な野菜とベーコンのサラダに、風味豊かなキノコスープ、そして、白身魚のアヒージョとバゲット。しっかりと塩で味付けされたステーキまで出され、日常では満喫できない料理の数々に、グッと胸が高まってくる。

このために冒険者をやってたんだよね〜、と思ってしまうほど、食欲がそそられる香りをしていた。

早速、バゲットを手に取り、アヒージョのオイルに染み込ませて、パクリッ。強いニンニクの風味にピリッとした鷹の目の辛みが合わさり、オイルに染み込んだ旨味がパンに合う。

そこへ、新鮮なサラダをベーコンでクルリッと包んで頬張れば、また違う香りが一気に鼻へ抜けていく。

　貴族に出す料理なだけあって、燻製されたベーコンの甘くて上品な香りの虜になりそう。新鮮な野菜と一緒に食べれば、肉の脂身なんて気にならない。シャキシャキッとしていて、歯応えもしっかりとしている。

　何より、ふわっふわの白身魚が嬉しいよねー。この地域ではあまり食べられないし、オイルを染み込ませたバゲットの上に乗せて食べれば……うっ、おいしい！

　最近は色々悩んでたし、今日くらいは余分に食べてもいいよね。このままだとステーキもペロリッと食べちゃいそうだし、体力を付けないとダメだもん。

　私がお金を払うんだから、もっと率先しておいしいものを頼まないと！

「すいませ――」

「焼け食いはおすすめしませんよ」

　優雅にキノコスープを口にするエレノアさんに止められ、私は固まった。

「冒険者は運動量が多く、お腹が空きます。でも、男性冒険者の食欲旺盛な姿を見ていると、知らないうちに体重が増えるという恐ろしい事件が発生しますよ。特に、ソロ冒険者がパーティを組み始めると、お腹がフニフニになる人が多いとか……」

　衝撃的な話を聞かされて、私の思考は止まる。考えるよりも先に動いた手が腹部へ向かい、何やら柔らかいものをつまみ始めた。

　ちょうど、フニフニという言葉がピッタリのものを。

知らない……。私は何も知らない。不自然なほど自分の目が右往左往してるけど、これが何かを絶対に認めない！

慣れないパーティ活動を頑張った私に、フニフニとした脂肪なんて付くはずがないんだもの！

得体の知れないフニフニとした存在に集中していると、私が店員さんを呼び掛けていたため、いつの間にかウェイターさんが近付いて来ていた。

「どうかされましたか？」

「あっ……えっと、水、をいただいてもいいですか」

「かしこまりました」

すぐに持ってきてくれた水を口にして、いったん心を落ち着ける。

最近、Ｄランクという壁を乗り越えるためにパーティを組み始めたけど、あまりにも代償が大きい……！

思い返せば、一人で依頼を受けるときよりも、食事量が増えた自覚はある。思い通りにいかない現実から逃避するように、パン屋さんに立ち寄ることもあった。正直にいえば、顔と名前を覚えられるほど通っている。

よく食べる子だね〜、なーんてパン屋のおばあちゃんに褒められて良い気分になっていたけど、これは違うじゃん。冒険者活動を始めてから、ここまでフニフニした記憶はないよ。

パーティを組む前に早く改善しないと、依頼に向かう体力がもっとなくなってしまう。でもパーティを組めば、またフニフニ地獄に陥る可能性も……。

どうしよう！　Aランク冒険者への道が険しすぎる！　得体の知れないフニフニによって……

ううん、もう認めるわ。

お腹についた脂肪によって、私の夢が潰えようとしている現実を！

「そ、そこまで気にしなくても大丈夫だと思いますよ。リズちゃんはまだ若いですし、すぐに変わりますから」

エレノアさんが慌てる姿を見て、私は自分が頭を抱えていることに気づいた。

こんなことを貴族街のカフェですれば、周囲の視線を集めてしまうのも、当然のこと。コホンッと落ち着いた様子を見せて、何とかやり過ごすとしよう。

あとでエレノアさんに、ごめんなさいのデザートを追加するのは、確定事項である。なお、私はデザートが心の栄養だと思っているので、体重と関係がないものとする。

冷静な心を取り戻した私がサラダを食べ始めると、何かを思い出したように、エレノアさんがハッとした。

「サポーターとパーティを組むのはどうですか？　サポーターがいると、体重が増えにくくなりますよ」

いま遠まわしに、太りましたね、と言われた気がするけど、いったん水に流そう。とても有用な情報が入った気がするから。

冒険者ランクを上げるためには戦力を補うべきだし、サポーターとパーティを組むなんて、考えたこともなかったなー。でも、冒険者の力を引き出すためにサポーターを雇うわけで、悪くはない提案なのかもしれない。

むしろ、自分の力を最大限に引き出すという意味では、本当にAランク冒険者になれるか見極める良い機会になる。

「護衛依頼は顕著ですが、疲労が溜まったり、イライラしたりすると、街に戻って来たときに暴飲暴食が増えますよね。そういうのがなくなるだけでも太りにくくなりますし、魔法の出力も安定して、調子が良くなりますよ」

「確かに、サポーターがいた護衛依頼の後は食べすぎないかも。料理が上手な人だと楽しみができるし、部隊の士気も上がります。討伐依頼に同行してもらえば、疲労が軽減できて、翌日に疲れを持ち込まなくても済みそうですね」

「高ランク冒険者ほどサポーターが重要な職だと理解していますし、私も親交のある貴族の依頼を受けたときに世界が変わりましたね。サポーター経験のあるメイドさんが料理を振る舞ってくださり、旅先でおいしいごはんが食べられて、街に到着しても体重は変わらないまま。理想的な護衛依頼でした」

エレノアさんにサポーターを勧められ、徐々にその魅力に気づき始めた。何より、フニフニしなくなるストレスから解放されるのが、理想的すぎる。

でも、現実は――。

「なかなかいないですよね、サポーター」

「そうなんですよね。すべての冒険者の中でも、圧倒的に人手不足の職になります」

二人でため息を吐いてしまうくらい、サポーターになる人は少ない。護衛依頼はともかくとして、通常依頼でかかる負担が大きすぎるから。

「冒険者ギルドもサポーターを探していますが、ほとんど見つかりません。実入りの少ない生産職の方が希望される場合もありますが、体を酷使しますし、長続きしない印象です」

「たまに討伐依頼の帰り道に見かけますけど、大きな肉を一輪車に載せて運んでるんですよ。体を壊さない方がおかしいと思います」

「意外に一輪車は音が出ますし、魔物を引き寄せることもあって、周りも手伝いにくいです。かといって、両手で魔物の素材を持ち運ぶ方が体を痛めますので、ツラいところですね」

近接職の人がサポーターに転職する場合もあるけど、ひと月も持たないケースが多いと聞く。体を酷使する重労働に、慣れない気遣いで精神的にも疲弊するため、荷物を持ち運ぶだけだと軽くみていると、身も心もやられてしまうとか。

「私だったら、少量でも高額になりやすい討伐依頼を狙い撃ちして、サポーターの負担を減らしますね。インベントリに入る量だけ確実に持ち帰るだけでも、意外にプラスになると思います」

「パーティメンバーが増えたら、そうも言ってられませんよ。サポーターを護衛する必要もありますし、予想以上に経費はかかりますので」

あぁー……そうだよね。魔法使いとペアでパーティを組んでくれるサポーターなんて、普通はいないよね。結局、パーティを組まないと始まらないのかー。

「でも、このままソロで冒険者を続けるよりは、遥かにいいと思いますよ。冒険者ギルドで見つかったら、ダメ元で聞いてみましょうか？」

「……お願いします。素敵なサポーターが見つかるといいんですけど」

「あまり弱気にならないでください。リズちゃんは頑張っているので、神様は見捨てませんよ。良い人と巡り合えることを願いましょう」

サポーターが見つかったとしても、うまく冒険者活動ができる保証はない。でも、頑張るところを見守ってくれているエレノアさんが言うなら、信じてみてもいいのかなーと思う。

夢のAランク冒険者になるために、素敵な人と出会えると信じて、いまは冒険者の道を歩み続けよう。サポーターの命を守るのは、私の役目になるのだから。

ノベルス

異《い》世《せ》界《かい》クラフトぐらし〜自《じ》由《ゆう》気《き》ままな生《せい》産《さん》職《しょく》のほのぼのスローライフ〜

2021年8月2日　第1刷発行

著　者　あろえ

発行者　島野浩二

発行所　株式会社双葉社
〒162-8540　東京都新宿区東五軒町3番28号
［電話］03-5261-4818（営業）　03-5261-4851（編集）
http://www.futabasha.co.jp/（双葉社の書籍・コミック・ムックが買えます）

印刷・製本所　三晃印刷株式会社

［電話］03-5261-4822（製作部）
ISBN 978-4-575-24426-7 C0093　